CASA DE CABA

Edyr Augusto

CASA DE CABA
romance

Copyright © Edyr Augusto Proença, 2004
Copyright desta edição © Boitempo Editorial, 2004, 2015

Coordenação editorial
Ivana Jinkings e Aluizio Leite

Assistente editorial
Renata Dias Mundt

Revisão
Ricardo Lísias

Capa
Antônio Kehl
(sobre ilustração de Janjo Proença e Zerivelton Dias Jr.)

Editoração eletrônica
Estúdio Graal

Coordenação de produção
Livia Campos

Assistência de produção
Camila Nakazone

CIP-BRASIL. CATALOGAÇÃO-NA-FONTE
SINDICATO NACIONAL DOS EDITORES DE LIVROS, RJ

A936c
    Augusto, Edyr
        Casa de caba / Edyr Augusto. - 1. ed. atualizada - São Paulo : Boitempo, 2015.

    ISBN 978-85-7559-046-1

    1. Romance brasileiro. I. Título.

15-18983   CDD: 869.93
                                                           CDU: 821.134.3(81)-3

É vedada a reprodução de qualquer parte deste livro sem a expressa autorização da editora.

1ª edição: setembro de 2004
1ª reimpressão: outubro de 2010; 2ª reimpressão: maio de 2012
1ª edição atualizada: fevereiro de 2015; 1ª reimpressão: dezembro de 2021

BOITEMPO
Jinkings Editores Associados Ltda.
Rua Pereira Leite, 373
05442-000 São Paulo SP
Tel.: (11) 3875-7250 / 3875-7285
editor@boitempoeditorial.com.br
boitempoeditorial.com.br | blogdaboitempo.com.br
facebook.com/boitempo | twitter.com/editoraboitempo
youtube.com/tvboitempo | instagram.com/boitempo

Para Felipe e Arthur, meus filhos

Fogos. 23h40. Centro Arquitetônico de Nazaré. Seu Guedes recebe a ordem da diretoria da festa para começar os fogos. É assim há sete anos, desde que chegou de Marapanim e obteve o emprego. Antes havia outros. Enquanto a multidão urra, nervosa, impaciente, ele se encaminha para o Quartel do Exército onde, no campo de futebol, o grosso dos foguetes está instalado. Alguns auxiliares já correram para cuidar dos fogos que serão soltos na Basílica, principalmente a famosa cascata e o quadro de Nossa Senhora de Nazaré.

Três homens estão em um Gol que vem pela avenida Braz de Aguiar, dobra à direita, na Generalíssimo Deodoro e estaciona em frente de uma locadora de vídeos, fechada. Saltam e se encaminham para o CAN.

Na Concha Acústica, o conjunto Sayonara termina sua apresentação. A multidão não aguenta mais esperar. Comeu, bebeu, namorou, cantou e agora se empurra. Gangues de pivetes espalham a confusão de sempre. Guardas passam com menores manietados brutalmente.

No 12º andar do edifício Rainha Vésper, a família Pastri aguarda pelos fogos também com ansiedade. Lá de cima, a visão é magnífica da Basílica iluminada, o colorido da multidão, o *frisson* que toma conta, um barulho infernal, calor intenso gerado pelos corpos roçando.

Valdomiro Cardoso já estava sentado em uma das mesinhas que são colocadas por barraqueiros durante as festividades. Mesmo sozinho, foi bem atendido. Getúlio, o dono da barraca, sabia que era bom cliente. Pediu a primeira cerpinha com a certeza de que ficaria ali até o amanhecer, com fôlego suficiente para acompanhar, com lágrimas nos olhos, o Recírio, a volta da réplica da imagem da Santa para o colégio Gentil Bittencourt.
23h55. Seu Guedes encontra seus auxiliares, alguns cheirando forte a bebida, o que nunca foi problema, pois sempre se comportaram corretamente e passaram o dia trabalhando duro.
Walter Vasconcellos é o porteiro noturno do edifício Rainha Esther. Vibra com a festa. Acompanhou o Círio. Os paraenses garantem ser a maior romaria do mundo, com 1,5 milhão de pessoas nas ruas. No segundo domingo de outubro, levam a imagem da padroeira, da Catedral da Sé (para onde foi levada na véspera, na Trasladação) para a Basílica. Gosta do movimento. Das meninas que passam. Das empregadas, liberadas, que entram e saem a todo instante. Agora está sozinho. Todos sabem que vai começar o espetáculo dos fogos. Ele se põe à frente da portaria e também aguarda. Mesmo no parque de diversões, ao lado, as filas estão imóveis. Quem está na roda-gigante deve ter uma vista ótima, pensa. Todos os olhos se voltam para a Basílica. Mas chegam três homens e o empurram para dentro. Trancam a porta. Pegam o elevador que está no térreo e marcam o 12º andar.
A família Pastri está toda na janela, curiosa. Maria, a mãe, fala ao telefone. Dondinha, a empregada, é a mais animada.
23h57. Apagam as luzes decorativas da Basílica. Seu Guedes dá a ordem e começam os fogos e seu barulho ensurdecedor.
Três homens usam uma chave mestra e entram no apartamento 1201. Silenciosa, cautelosamente. Dondinha é a primeira a perceber algo estranho. Em meio aos fogos e aos gritos de alegria da multidão, seis pessoas são assassinadas a tiros de grosso calibre.
À vista das pistolas, buquê de cores, rabo de pavão e lágrimas que iluminam o céu, a multidão faz ah! No apartamento, Don-

dinha recebe o primeiro tiro, no pescoço, cai e fica gemendo, imóvel, sem poder fazer nada enquanto, sem muita resistência, mais pelo susto, os demais são mortos em um ato sem pressa, preciso, profissional, sem paixão. Maria recebe o tiro e deixa cair o telefone. Por último ela vê o porteiro, na entrada da sala, em uma poça de sangue. O apartamento está iluminado pelos fogos que riscam o céu, e a multidão lá embaixo, ah! Na saída, o tiro de misericórdia. Pai e mãe, duas filhas, a empregada e o porteiro, Walter Vasconcellos.

00h05. Valdomiro Cardoso já está na segunda cerpinha. Acenou e provocou moças, mas nenhuma se interessou. Todos olham para cima, para os fogos. No ar, o cheiro de pólvora e a fumaça. Três homens passam firmes, um deles esbarra na ponta da mesa de ferro, mas não pede desculpas. Pensou em reclamar, mas deixa pra lá. Olhou apenas para aquilatar o tamanho da confusão que poderia haver. Eram três. Voltou-se e reparou em algo no chão, e a memória logo lhe trouxe a rápida passagem daquele objeto, vindo de alguma parte de algum dos três homens, no momento do esbarrão. Era um chaveiro. Que se foda. Mal-educado. Displicente, olhou para o chaveiro, antigo, de uma loja de peças para automóveis em Castanhal. Jogou na vala. Que se foda.

Os três homens chegam silenciosos ao Gol. Seu Guedes deu por encerrados os trabalhos com os foguetes. Benzeu-se. Para o ano tem mais.

Gol. Os três chegaram ao carro em silêncio. Ao abrir as portas, chegam dois homens e mandam eles entrarem. Mostram armas. Os três obedecem. Um pega o volante, outro, o lugar do passageiro. Encostam, do lado, duas motos. O motoqueiro liga do celular e confirma com alguém. Seguem pela Gentil, em comboio.

Escuta, cara, a gente tá limpo.

Fica frio que tá limpo. As armas. Passa os berros pra cá. Na boa. O serviço tá feito, eu sei. O doutor mandou levar vocês pra um esconderijo até passar a onda.

Não foi isso o combinado. Minhas ordens são essas. Ele vai entrar em contato. Passa pra cá. Porra, não gosto de novidade. Fica frio. Fica na tua. Vocês também. O comboio sai pela Gentil, abrindo caminho. Pega a José Bonifácio. Almirante Barroso. Tinha que parar aí no Terminal. Depois. Agora não. BR 316. Em Ananindeua, dobram à direita. Aurá. Invasão Che Guevara. Todos dormem por onde passam. Meio do mato. O carro para. Os motoqueiros descem. Sem avisar. Silenciadores na ponta dos canos. Metem as mãos pelas janelas e disparam secamente. Uma bala na testa de cada um. O do banco do passageiro vira-se e também atira, para ter certeza. Com calma, retiram dois corpos, ainda quentes, ainda se debatendo, e colocam nos bancos da frente, um como motorista, outro como passageiro. Jogam gasolina nos corpos. No carro. Tocam fogo. Assistem, de longe. Retomam as motos e vão embora. Um deles, ao celular. Tudo certo, doutor.

Juiz. Os olhos ainda estão vermelhos de chorar e da noite passada em claro. Ele acompanhou o Recírio e ficou, como sempre, abraçado às grades do colégio Gentil Bittencourt assistindo à entrada da Santa. Agora volta a pé pela avenida Nazaré se impondo essa caminhada como uma tradição e também para respirar o ar puro da manhã ensolarada. É feriado até o meio--dia, embora muita gente aproveite para folgar até a terça-feira. Valdomiro pensa na cama e no sono bom que terá. Compromissos apenas no dia seguinte, um acordo antigo feito com o chefe, no escritório de contabilidade onde atua há longos anos como mensageiro. Uma média no Garrafão e enfim vai para casa, no largo da Trindade. É um bangalô velho, que dá a impressão de que precisa de reformas. Mas isso é externo e proposital. Valdomiro é só. Esta é a casa em que sempre viveu. Filho único, seus pais morreram e ele ali permaneceu. Calado, introspectivo, vítima preferida dos companheiros de escritório, ele se revela como juiz de futebol. Isso mesmo. Nunca chegou aos grandes clássicos e agora já passou da idade, mas é o suficiente para sua diversão. Apita peladas noturnas nos campeonatos internos da Assembleia Paraense, no Pará Clube, e nos finais de semana, no subúrbio, nos campos de terra onde a moçada que trabalhou duro de segunda a sexta se entrega com toda a emoção. E ali Valdomiro reina com sua autoridade, administrando tensões, tomando decisões que causam desgraça e alegria para uns e outros. Quando usa o seu uniforme impecável, Valdomiro não é mais o mensageiro calado, circunspecto e gozado, mas um juiz de futebol respeitável agindo naqueles noventa minutos como um rei, mesmo quando está na Assembleia Paraense. Empresários, médicos, funcionários públicos do mais alto escalão, todos se quedam, todos se perfilam para receber cartão amarelo, vermelho ou uma advertência. E eles, na maioria das vezes, a recebem com certo orgulho, como uma confirmação de sua fantasia como jogadores de futebol, esquecidos de seu *status*, seu poder financeiro. Às vezes são jogos entre adolescentes, e a autoridade precisa ser exercida de maneira mais ríspida. Já foi ameaçado, mas nunca ninguém levantou a mão em sua direção. No papel de juiz é outro homem. Aquele baixinho, gorduchinho, com as pernas tronchas se torna um gigante. Mas quando tudo acaba e eles, sejam os soçaites da AP ou a galera da Cremação, vão para a cerveja festejar a brincadeira, ele já é novamente o mensageiro Valdomiro, saindo discretamente após receber seu pagamento. Volta direto para sua casa, seu castelo onde um mundo inteiro lhe espera.

Atrás daquela fachada aparentemente malcuidada há uma casa limpa, pintada, gradeada, com alguns alarmes, onde ele se move naturalmente pois moldou tudo às suas necessidades. O largo da Trindade sempre teve problemas com ladrões. Menos ali, e justamente ele que sempre aguardou ansiosamente uma tentativa. Um revólver carregado, limpo de tempos em tempos, pronto para entrar em ação, guardado na gaveta do criado-mudo. Ah, esse dia

há de chegar. Vai à geladeira, toma um bom copo de água. Tira as roupas suadas e com odor de povo. Esvazia os bolsos. Nota o chaveiro. Pensa que servirá para sua coleção, mania que tem desde criança quando colecionava miniaturas Revell, caixas de fósforos, rótulos de refrigerantes e chaveiros. Depois do banho se atira na cama. Não há disposição de consultar sua videoteca ou discoteca. É hora de dormir. Macaquinho engraçado o do chaveiro, pensa, já embarcando no sono.
Acorda lá pelas três da tarde. Ali no seu *bunker* apenas o relógio mostra a passagem do tempo. Poderia ser qualquer hora. Tem fome. Faz pedido ao LigPizza. É o campeão da *junk food*. Solitário. Está relaxado. Poderia ligar para Eduína, mas hoje não. Deixa para amanhã. Ela vai arranjar uma boa garota para ele tirar o atraso. Vai à videoteca. Nunca mais assistiu *Os boas-vidas*, de Fellini. Sim. Tem também Buñuel, Antonioni e os outros. É estranho mesmo um mensageiro de escritório de contabilidade que mora no largo da Trindade ter uma videoteca dos mais sofisticados diretores de cinema. Não é não. É seu jeito. O pai se aposentou como vendedor pelo interior. A vida foi passando e ele não quis seguir com os estudos. Calado, muito calado. Não perdia uma sessão de arte às sextas-feiras no cinema Palácio. Ali tomou contato com os grandes diretores. Não paga aluguel, sem IPTU atrasado, consumo de luz baixo, vale-transporte, vale--refeição, *junk food* e o dinheirinho das arbitragens. Valdomiro vive para si, e os outros que se lixem. Não tem mulher nem quer. A presença de sua mãe foi forte demais para isso. Cuidou dela até fechar os olhos de pura velhice. Ela sempre tinha razão. Fale apenas quando souber. Os calados aproveitam mais. Exerça sua autoridade no momento certo. Empregou-se no escritório de contabilidade que passou de pai para filho e foi ficando, sempre correto, discreto. Agora tem não somente confiança, mas regalias. Sem jeito para jogar futebol, encantou-se com aquele homem de preto que faz os mais geniosos e os de maior porte se quedarem às suas ordens e decisões. A mãe ainda estava viva quando se

formou e comprou o primeiro uniforme. Se não chegou a apitar nenhum Remo e Paissandu foi porque não quis. Percebeu logo o jogo que é travado nos bastidores e o que na verdade está em luta quando entram em campo os dois times. Para não ferir sua linha de conduta, ficou de fora. Foi também diante da possibilidade de ter seu nome nas páginas de jornais. Seu nome, suas atividades, entrevistas, nada disso era importante. Pelo contrário. A vida foi passando e ele foi ficando solteiro. Com a morte da mãe, foi lentamente transformando o bangalô em um *bunker*. Televisão, aparelho de vídeo, de CD, videoteca, discoteca, coleções. A vida, lá fora.

Chegou a *pizza*. Ele almoçou ao final dos *Boas-vidas*. Perambulou pela casa e viu o chaveiro novamente. Era a hora de colocá-lo na coleção, rever os antigos, os mais bonitos ou valiosos. Havia duas chaves, uma comum e outra, K19, claramente de um guarda-volumes do Terminal Rodoviário Hildegardo Nunes. Sabia porque, ao apitar um jogo em Salinas, deixou uniforme reserva no mesmo guarda-volumes pois, ao voltar, seguiu direto para a Matinha onde apitaria outro jogo. De imediato veio à memória o encontrão, os três homens passando, rápidos, contraídos. Havia jogado o chaveiro na vala, mas depois pegou de volta, para a coleção. Bateu a curiosidade. Ele, a quem nada de fora interessava, a não ser os CDs com trilhas de filmes, vídeos e arbitragem, estava curioso. Falta do que fazer. Vestiu-se, pegou um táxi e foi até o Terminal.

E-mail. Estava na hora de ler seus e-mails. Olhou para o lado e viu Pat dormindo, cansada, satisfeita. Cobriu seu corpo nu com o lençol. Foi ao banheiro e tomou uma ducha. Enrolado na toalha, passou ao escritório do apartamento em frente do Central Park. Abriu o *notebook*, conectou-se e ficou recebendo as mensagens. Uma. Empalideceu. Releu. Pensou por instantes. Respondeu que estava indo. Perguntou onde ela estaria. A hora havia chegado. Vestiu-se. Pegou dinheiro. Encheu uma valise com roupas. Saiu. Na portaria, dispensou atenções dos guarda-costas. Chamou um táxi. Foi para o aeroporto John Kennedy. Conseguiu voo para Miami. De lá, para o Rio de Janeiro. Desembarcou em Belém. O motorista queria levá-lo para o Hilton, mas ele pediu o Hotel Central, mais discreto. No quarto, ligou, mas ninguém atendeu. Deitou-se. No dia seguinte, começaria a busca. Acordou cedo, foi andar. Reencontrar a cidade. As mangueiras. As pessoas nas ruas. Onde estaria sua irmã? Ninguém mais poderia saber de sua volta. Ela estava escondida. Procurou lembrar de amigas comuns. Três anos fora faziam diferença. Tempo suficiente para ela colocar o plano em prática. Não o esperou, mas sua vida também havia mudado muito, de maneira abrupta. Onde estaria Isabela? Voltou ao Central. Deixou-se ficar na poltrona, tendo à frente as copas das árvores da Presidente Vargas. Só então pediu que lhe trouxessem os jornais dos últimos três dias.

Lembrou-se de Pat e tudo o que havia deixado para trás. Caralho. Havia contas a acertar e, mais que tudo, salvar Isabela. Podia ter ficado em Nova York, na boa, incólume. Mas não. Agora não sabia se ia em frente. Isabela foi até o fim. Ele lhe daria apoio. E Pat era passado. Um passado bom. Uma estrela do rock. Estrela mundial. Aqui, não sabia, mas nos Estados Unidos e na Europa, um grande sucesso. E ele, como seu namorado, participava disso. Reuniões em gravadoras, empresários de shows. Amizade com outras estrelas. Grandes figuras lhe puxando o saco para obter favores. Não ligava. Nem mesmo para as drogas que eram oferecidas em bandejas. Gostava sinceramente, e ela, ao que parece, também. O nome de guerra era Fred Pastri. Discreto, conseguiu sobreviver à curiosidade da imprensa. E foi por puro acidente. Passava férias em Nova York. Estava andando no Central Park e foi abalroado por Pat em sua *bike*. Machucou a perna. Ela o levou para seu apartamento e chamou seu médico. Ali, tudo começou. Ela já era sucesso na cidade, prestes a lançar seu segundo e explosivo disco. Daí em diante, o mundo se abriu para Pat Harrison, uma loura bonita, com seios turbinados, nascida em Nashville, mas que sempre soube o que desejava – e não era nada com *country music*. Aos 17 anos, fugiu de casa com o namorado, foi *go go girl* na Big Apple. Participou de concursos para cantores, fez parte de uma banda que tocava em bares do Soho e foi notada por um produtor. Uma aposta que deu certo. Um temperamento forte, nariz empinado, mas que encontrou em Fred o parceiro de que precisava. Silencioso, discreto, fiel. Quase nada contava de sua vida no Brasil. Na Amazônia. Tinha ficha limpa, lhe garantiram na gravadora. Era seu jeito, apenas. Pat fizera seu último show de uma longa turnê. Voltaram para o hotel. Fizeram amor. Ela estava razoavelmente bêbada, ainda, de estar no palco. Dormiu. Ele foi ler os e-mails. Agora estava ali. Bateram na porta. Os jornais.

Agonia. Onde eu fui me meter, pensava Netinho, enquanto ia, apertado, no banco de trás daquele Gol. Matar fazia parte da sua vida havia muito. Sempre de encomenda. Sem envolvimento. Atirava com precisão e economia. Certeiro. Um serviço. Obedecia e recebia. No restante do tempo dava serviço na loja de autopeças em Castanhal. Ficava por ali, encostado. Uns dias antes, aquela moça fora procurá-lo na saída. Conhecia Isabela desde criança. Cresceram juntos. A família Pastri era rica e poderosa. Não sei o que aconteceu. Se mudaram. Justamente quando ele começava a se interessar pelas meninas e podia até pedir para namorar. E agora ela aparece pedindo para ele guardar aqueles papéis todos. Pedindo que nem abrisse para ver. Somente guardar. Confiava. Era o único. Precisava. Não disse não. Como, se ela nunca havia saído de sua cabeça? Durante todos aqueles anos de sumiço, nunca teve uma namorada. Primeiro, porque era perigoso. Segundo, por causa de Isabela. Disse que os papéis eram vida ou morte. Que guardasse. Voltaria para pegar. Conversariam, então.
Não abriu. Respeitou. Sabe-se lá o que podia ser. O patrão chamou e deu a ordem. Ele mais o Taílson e o Do Carmo. Os dois eram de Tailândia. Conhecia. Já haviam feito serviços antes. Recebeu o endereço e as instruções, detalhadas, de horário.

Veio a ideia. Pediu para ficar em Belém mais alguns dias. Podia encontrar Isabela, quem sabe? Tudo bem. Tu sabes da tua vida. Não vai dar mole, né? Claro. Nunca deu. Naquele domingo, chegaram a Belém de noitinha. Dá um tempo no Terminal? Preciso deixar uma muda de roupa que vou ficar uns dias por aqui, entocado com uma gata. Porra, Netinho, tu é foda, meu. Tu tem gata em tudo quanto é lugar. Imagina de filho... Alugou um guarda-volumes e deixou a sacola velha, com roupas e aquele envelope. Sim, andava com ele. Não era questão de vida ou morte? Sabe-se lá, coisas de mulheres. Conversariam. Podia ser bom. A vida pode ser boa. Botou a chave do guarda-volumes em seu chaveiro. Entraram no apartamento e saíram atirando. Crispou quando reconheceu, mas era serviço e não hora de ficar perguntando. A maior dúvida era a razão da ausência de Isabela. Era o que pensava ali, apertado, no banco de trás do Gol, escoltado por dois motoqueiros da PM. O do volante e o outro também eram militares. Conhecia o jeito. Então, estava tudo certo ou errado? O Do Carmo encrespou, mas o cara disse que o home mandou escoltar e levar pra um mocó. Ficar entocado. Será? Nunca teve trairagem, não seria agora. Como reagir? Carro em movimento, desarmados. Ainda olhou para o Terminal quando passaram. Melhor não dizer nada. Nessas horas o silêncio vale ouro. Estavam voltando pra Castanhal? Não. Isso aqui é Aurá. Invasão. Olhava de soslaio para os outros. Precisamos fazer alguma coisa. Deixa parar pra reagir. Sei lá. Qualquer coisa. Não fica nervoso. Respira compassado. Precisa estar frio. Atenção a tudo. Não houve tempo. Viu uma arma na sua cara disparando. Desviou-se. Pegou de raspão, arrancando a orelha. Ficou inerte. Paralisado. E os outros? Os outros? Sentiu cheiro de gasolina. Caralho! Te mexe, cara! Pula! Grita! Filho da puta, é fogo! Sentiu a carne queimando. Um clarão.

Castanhal. Era domingo de um março chuvoso, mas havia sol. Alfredo e Maria Pastri resolveram levar os filhos Alfredo e Isabela até a serraria para passear e tomar banho de rio. Os negócios iam bem. Havia muito mogno. Ou então chegava pelo rio e, depois de cortado, embarcava em caminhões. Estavam na beira do trapiche, tomando banho e comendo camarão quando viram a chegada do Voyage branco. Era o carro de Wlamir Turvel. Alfredo não gostou. Era domingo. Não era dia de tratar de negócios. Não gostava de Wlamir. Ele era misterioso. Parecia sempre estar envolvido em coisas escusas. Resolveu ir até o carro, para despachá-lo. Amanhã. Maria ficou olhando. Viu quando as vozes se alteraram. Wlamir mostrava um papel. Alfredo dizia não. Outros dois homens saíram do Voyage. Levantou e foi até lá para dar apoio. Antes de chegar, Wlamir deu um murro em Alfredo. Ele tentou reagir. Os dois outros homens começaram a espancá-lo. Ela chegou. Foi segura. Wlamir, com o papel na mão, pedia que Alfredo assinasse. Continuaram batendo. Ele já estava desacordado. Chutaram as costas. Ela tentou defendê-lo. Na luta, seu biquíni saiu do lugar. Wlamir teve uma ideia. Ela lutou, mas ele a possuiu, na frente do marido. Alfredo estava manietado, sem conseguir lhe defender. Turvel acabou. Fechando a braguilha, estendeu-lhe o papel para assinar. Pastri pediu para não matarem ninguém. Então assina. Assinou. Agora vão embora que eu sou o dono da Serraria Rio Fresco. Vocês têm casa em Belém. Nunca mais voltem aqui. Faço isso pelas duas crianças. Maria lembrou. Olhou. Alfredo e Isabela estavam imóveis, em choque. Vestiu o biquíni, pegou a saída de praia no trapiche e correu até eles. Tentou erguer o marido, mas ele não conseguia andar. Saiu se arrastando até a velha Kombi.

Passaram em casa apenas para pegar o necessário. Pegaram Dondinha que havia ficado. Deixaram tudo. Vieram para Belém. Direto ao Hospital Belém. Foi um acidente, disseram. Um problema na coluna. Baque forte. Talvez volte a andar. Ninguém sabe. Castanhal, nunca mais.

Alfredo já está andando. Pouco. Alguns passos. Muita fisioterapia. Aposentou-se por invalidez. Tinha algum no banco. Maria nem sabia, mas estava grávida. Gêmeas. Daniella e Marcella. Com todo aquele sofrimento, elas nasceram perfeitas. Maria costura para fora. Tem muitas clientes. Dá para pagar o condomínio, as contas de água, luz, telefone e algumas roupas. As crianças em colégio público. Sobreviveram. Alfredo calou-se. O golpe foi muito forte. A humilhação. A impotência diante de tudo. Os filhos que assistiram. Os filhos. Eles o fazem sorrir. Pequenos sorrisos. Fred e Isabela são aparentemente crianças normais. Parecem ter-se esquecido do trauma. São estudiosos, mas naquele apartamento em frente do CAN onde a vida parou e somente os dias passam, as gêmeas estão crescendo.

Wlamir Turvel. Eu já nasci danado. Meu pai, nunca vi. Minha mãe me jogou nas freiras porque precisava ganhar a vida rodando a bolsinha. Mas hoje a velha está bem. Dei pra ela tudo o que precisava. Filho bom é assim. Eu sabia que teria de conquistar tudo o que queria. Nada chegaria de graça. Já aos 12 anos eu estava trabalhando, no trampo, enganando trouxas, ganhando o meu. Aprendi a viver. Matei pra viver. Não tenho nem o primário, mas sei mais do que qualquer garotinho rico desses aí. Depois, comprei boletim escolar. Ia precisar, sabia. Neste mundo, é preciso saber o ponto fraco das pessoas. Só isso. O resto vem tranquilo. Eu não nasci pra ser pobre. Fiz muito carreto. Juntei dinheiro. Já tinha uma frota. Dava um mole pro prefeito. Dava porque queria. Eu sabia das coisas dele. Trouxa. Se cagava nas calças. Olhava pra prefeitura e sabia que um dia estaria ali. Me falaram do lance da maconha. Então era assim. Plantava, ou mandava buscar. Belém consumia tudo. Precisava de área. A Serraria Rio Fresco, pode ser. O Alfredo é um leso. Falei com o juiz da comarca. Tinha ele na mão por causa de um carregamento de mogno. O cara não era besta. Lavrou documento me passando a propriedade da serraria. No domingo, fui na casa dele. Estava pra serraria, tomando banho de rio. Se rebarbou todo. Pegou porrada. Comi a mulher dele. Bela mulher. Quando vi aqueles seios pra fora do biquíni, deu vontade. Nem assim. Acho que ele estava muito batido. Mas assinou. Podia ter matado, mas ia dar problema. Os Pastri eram conhecidos. Saíram apavorados. Se voltar, morre. Nunca mais. Agora é cocaína. Ficou melhor. Ganha-se mais. Tem a serraria. Caminhões. Barcos. Dinheiro não é problema. O sonho agora é ter poder. Faz campanha e se elege prefeito. Uma beleza. Agora tinha ainda mais liberdade para os negócios. Quer mais poder. Grandes negócios. Elege-se deputado. Aprende rápido o jogo político. Talvez tenha nascido sabendo. Quer ser governador. Com ele, agora, Antonio Jamelloti, seu fiel servidor, conhecedor profundo da máquina burocrática, desde a prefeitura de Castanhal. Seu cúmplice nos negócios. Nasceu para servir. Um dia, quem sabe, pode ser seu sucessor. Assim, ele estará sempre no poder e na tranquilidade. Foi uma eleição difícil. Mas ele tem na mão advogados, empresários, policiais, juízes, deputados, prefeitos. O candidato do PT quase ganha. Precisou subornar muita gente. Gastou mais do que pretendia. Mas agora era governador do Pará. Esqueci de falar da mulher, Cilene. Era secretária em uma construtora de Belém. Gostou dela. Pensou que seria mais uma simples comida. Não foi. Ela o segurou. O ajudou nos papéis. Também queria poder. Subiram juntos. Ela sempre soube que não era aceita na alta sociedade. Era brega. Falava errado. Vestia-se mal. E daí? Elas todas vinham comer na mão do poder. Agora se encontravam, na cama, para dormir. Cada um para o seu lado. Mas parceiros. Ela sabia de tudo. Era sua segurança. Agora vem a reeleição. Vai ter dificuldades, novamente. O país passa por uma onda de decência. Alguns companheiros do Rio de Janeiro estão presos. Os colombianos utilizam cada vez mais sua rota. Com isso, aumenta o perigo. Os negócios envolvem narcotráfico, roubo de cargas, venda ilegal de madeira, lavagem de dinheiro, sonegação, execuções e propina. Muita propina. Agora voa de helicóptero. Mais agilidade. Entre uma cidade e outra, para na Serraria. Fez uma casa para descansar. Ficar sozinho. Pensar. Os voos têm sido frequentes. Felizmente a imprensa está amansada com os milhões em propaganda oficial. Está traçando planos com Jamelotti quando recebe um envelope, lacrado, confidencial. Abre. Fica sem ar.

Guarda-volumes K 19. A bordo do táxi, Valdomiro Cardoso passou em frente da Basílica e se lembrou da despedida de Nossa Senhora de Nazaré. Agora, só para o ano. O motorista comentou da sujeira deixada pelos ambulantes. Amanhã já vai estar limpo, disse, olhando para a roda-gigante do parque e lembrando de seus tempos de criança. Desceu no Terminal Rodoviário Hildegardo Nunes. Foi direto ao guarda-volumes. Com cautela, olhando em volta, ninguém parecia estar preocupado com ele. Meteu a chave, abriu e, no fundo, encontrou uma sacola, dessas de viagem, bem gasta. Quando foi pagar, disse que tinha perdido o recibo. Foi barato. Havia sido deixada na véspera, de noite. Controlando a curiosidade, tomou outro táxi e rumou para a Estação das Docas. Pouca gente. Raros turistas. Não sei como isso aqui se sustenta, pensou. Ficou na parte externa, aproveitando o final da tarde, maré alta, vento gostoso. Sentou-se em uma das mesas do Capone. Esperou o garçom servir e se retirar. Abriu a sacola. Achou uma muda de roupa simples, de tecido barato, e um envelope, sem destinatário. E agora? Não estava certo. Devia ter deixado tudo no lugar. Era honesto. Não tinha por que ter ido bisbilhotar. Felizmente não há dinheiro ou documentos. Mas e esse envelope? Abrir ou não?

Havia uma carta, manuscrita, solta. E mais um envelope. Dentro, vários papéis clipados. Fotografias de documentos. Alguns bilhetes. Leu.

Netinho, leia com atenção. O que virá a seguir pode parecer chocante, até mesmo estranho para você que leva uma vida tranquila, em Castanhal. Nos últimos anos, você não sabe, tenho ido algumas vezes aí, e te procurado. Sei que trabalha na OK Autopeças, mas nas outras vezes você não estava e não pudemos nos falar. Isto que segue tem o valor da minha vida e o objetivo que decidi dar a ela. Você pode achar estranho, tanto tempo depois e sem contato, colocar em suas mãos esses papéis, mas é que eu precisava confiar em alguém e escolhi você. Você lembra da nossa amizade, desde o colégio. Tivemos de sair às pressas de Castanhal e segui minha vida em Belém, mas nunca me esqueci de você, por quem tenho muito afeto. Creio que sinta o mesmo. Não tivemos tempo de desenvolver isso. Ficou o afeto. Estou em um momento muito importante da minha vida. Muitas coisas podem acontecer, boas e más. Pode ser que tudo dê certo e eu volte até aí para pedir de volta isso tudo e finalmente possa levar uma vida normal e recomeçar nossa amizade. Se não der certo, vou precisar de você para um serviço aparentemente simples, mas de muita importância para mim. É fácil. Se der certo, apareço aí na loja. Se não, quero que entregue este envelope a um jornalista, Orlando Saraiva. O endereço você encontra em qualquer banca de revista onde está à venda o jornal que ele publica. É fácil. Nem precisa se identificar. É até melhor. Basta entregar. Tão fácil e tão importante. Reze por mim para tudo dar certo. Conto com sua amizade.

Isabela Pastri.

Valdomiro também sabia quem era Orlando Saraiva, o "Orlando Urubu", jornalista polêmico, temido por políticos e bandidos, impedido de publicar nos grandes jornais suas reportagens, pelo medo de contrariar quem anunciava pesadamente, o governo. Por isso decidira, com o apoio secreto de amigos, publicar seu próprio jornal, sempre com edições esgotadas, mas que ninguém ousava dizer que lia. Ele poderia fazer a entrega. Mas não seria mais honesto deixar de volta aquela sacola, para que este Netinho fizesse a entrega? Sim, poderia fazer isso, mas antes, que me desculpem todos, vou ler o que está escrito.

Família assassinada no CAN. Uma família inteira foi assassinada a tiros em audacioso crime ocorrido em um edifício localizado no Centro Arquitetônico de Nazaré. As primeiras deduções da polícia indicam que os criminosos agiram na noite de domingo, durante os festejos de encerramento da Quadra Nazarena. Alfredo Pastri, aposentado, sua esposa Maria e as filhas gêmeas Daniela e Marcella, além da empregada Maria das Dores e do porteiro Walter Vasconcelos, foram assassinados a tiros de grosso calibre. Os corpos foram encontrados a partir da denúncia de um vizinho, que sentiu mau cheiro vindo do apartamento. Aparentemente os meliantes forçaram o porteiro a levá-los até o 12º andar do edifício Rainha Vésper, onde ocorreu a chacina. Segundo alguns moradores que não quiseram se identificar, a família era pacata, e Maria, que era modista, recebia clientes em sua casa. O porteiro era de confiança e trabalhava no local havia mais de cinco anos. Ainda segundo os moradores, há dois filhos vivos, que não estavam em casa, um rapaz que mora no exterior e uma moça, Isabela, cujo paradeiro é desconhecido. O delegado Gláucio Lima, que assumiu a investigação, disse que o trabalho está começando e não pode adiantar muita coisa. O apartamento está interditado para atuação da polícia técnica, à procura de digitais e de outras pistas. A família Pastri, segundo o porteiro que trabalha durante o dia, era oriunda de Castanhal, mas morava em Belém havia muitos anos.

Fred tremia quando parou de ler e conferir outros detalhes nos outros jornais. Nem reparou em outra nota, sobre o aparecimento da carcaça de um Gol incendiado, contendo três corpos carbonizados, na Invasão Che Guevara, possível acerto de contas de traficantes. Chorou. Lembrou-se claramente dos acontecimentos, tanto tempo antes. Sentiu raiva de si mesmo por não ter feito companhia à irmã. Depois sentiu raiva dela por não ter esquecido e seguido em frente, mesmo sem ele. Agora, toda sua família havia sido assassinada. As irmãs que nada tinham com isso. E o que Isabela havia feito para gerar a matança? O passado, o envolvimento do sangue, tudo começou a desabar sobre sua cabeça, ele que até poucas horas antes estava no conforto e na segurança de um apartamento em frente do Central Park. Precisava achar Isabela e decidir se deveriam seguir em frente ou fugir, desaparecer. Tinha algum dinheiro guardado nos Estados Unidos. Levaria a irmã para lá. Conseguiria um *green card* e poderiam esquecer tudo. Começar uma nova vida, longe da desgraça. E seguir em frente, seria o correto? Aquele homem matou toda sua família, e você, covarde, quer fugir, garantir sua vida? De um jeito ou de outro, precisava encontrar Isabela. Ela deveria ter sido morta. Fugiu, não sei como. Mas continua correndo risco. Foi para o *notebook* abrir os e-mails.

Sauna *privée*. Carlito conhecia os donos. Deviam favores. Podia usar a sauna quando quisesse. Segunda-feira, por exemplo, especialmente para ele e seus amigos. Dizia que, como era artista, seu domingo era na segunda. Trabalhava no final de semana, como *promoter* de boates GLS, onde fazia número de transformismo esporadicamente, e agenciador de garotas para os barões. Tinha *book*, marcava os encontros e recebia percentual. A discrição era sua maior virtude. Sabia que era a alma do negócio. Tinha seus contatos, de vez em quando viajava para o interior e trazia meninas. Dava banho de loja, educava, ensinava. Algumas haviam conseguido até casamento. Outras voltaram. Outras se perderam. Quiseram bater asas. Se foderam. Viraram putas de rua. Naquele tempo todo de batalho, a única realmente diferente foi Sílvia, se é que esse era seu nome verdadeiro. Nunca disse seu endereço. Parecia classe média, inteligente, educada. Disse que gostava de dinheiro. Mas isso todas dizem. Precisou ensinar muita coisa. Era virgem. Não acreditou, mas era verdade. Uma mina de ouro. Um cabaço que foi muito bem vendido. E ela era ambiciosa. Me leva pros barões. Eu quero os mais ricos. Não tem político? Esses são os melhores. Nunca deu furo. Mas depois de um encontro com Jamelotti, sumiu. Não atendia mais nem o celular, a escrota, mal-agradecida. Vai ver que está chupando pau daqueles barrigas-brancas todos e faturando. Devia pagar o meu. Se não fosse minha agenda ela era puta de vala.

Estava com Dudu e Esteves, que trouxe um garoto pra distrair, desses que parecem lesos, fazem que não sabem de nada, mas na hora funcionam. Essa Esteves gosta de se fazer de desentendida, desinformada, tola, tola, tola, pensava. O vigia ligou a sauna e se mandou lá pra frente. Discreto, ele. Porra, caralho, vocês vão me deixar sozinha aqui na sauna? Também quero me divertir, caceta! Eles vieram. Todos nus. O garoto escondendo o pau, se fazendo de envergonhado. Como é teu nome? Dioclécio. Quê? Dioclécio? Égua do nome escroto. Parece nome de desinfetante. Te endireita, cara, fica aí parece assustado... Foste te meter com essas monas... Não quer chegar mais pra cá? A porta da sauna foi aberta. O vigia, com cara assustada. Atrás dele, um homem de preto. Revólver nas costas do vigia. Quem é Carlito? Ninguém falou. Quem é Carlito, porra! As sacanas olharam pra mim. Vai todo mundo pro canto. Vem cá, tu, veado de merda. Vem cá, caralho! O que foi que eu fiz? Não te conheço. A coronhada pegou entre a têmpora e o nariz, esfolando, cortando e machucando. Eu não fiz nada! Eu sou só um veado pobre! Outra coronhada. O que foi que eu fiz? Fresco, vou te perguntar uma só vez, viste? Uma só vez. Onde eu posso encontrar Isabela Pastri? Quem? Chute na cara. Chute nas costas. Vou te dar uma chance. Acho que é a última. Quem é Isabela Pastri? Eu te juro que não sei. Nunca ouvi esse nome. Isabela? Por Deus, se eu soubesse eu diria pra não apanhar mais. Filho da puta, minha paciência está acabando! Tiro no joelho. Um buraco. Dor profunda. Ele se fecha chorando e gemendo. Chute no joelho. Os outros pedem, gritam, suplicam para não fazer mais. Carlito, pelo amor de Deus, conta logo quem é essa Isabela. No pleito desesperado, uma interpretação errada, como se soubesse realmente quem era. Tu tá me enganando, bicha? Não, eu juro. Não sei. Não sei nem inventar porque não sei quem é. Porra, tu tá dificultando a coisa. Tu não gosta de viver? Tu quer viver? Então fala, desgraçado. Fala logo que o tempo acabou. Um tiro e Esteves caiu com uma bala na cabeça. Vou perguntar novamente. Onde posso encontrar Isabela Pastri? Um tiro matou Dioclécio. Bala na nuca. O vigia disse que era pra ter calma. Um tiro na testa. Dudu começou a se cagar todo. Tudo fedendo naquele ambiente de fumaça e calor. Fala, bicha! Fala que eu quero viver! Teu amigo tá com medo, veado. Depende de ti. Vai falar? Meu senhor, eu lhe juro que não sei. Nunca agenciei nenhuma puta com esse nome. Não tenho nenhuma amiga que se chame Isabela. Tá bom. Um tiro em Dudu. O resto do pente em Carlito. Saiu. Fechou tudo. Subiu na moto. Adiante, parou e ligou. Chefe, nada feito. O veado não sabia, mesmo. Sim, fiz o serviço. Tá limpo. Aguardo instruções. Sim, senhor. Até logo.

Isabela Pastri. Eu nunca esqueci. Pelo contrário. Todos os dias da minha vida eu me lembrei disso. Eu e o Fred. No trapiche com papai e mamãe. Vieram aqueles homens. Bateram nele. Estupraram ela. Escrevo e revejo as cenas em câmera lenta. Eu nunca esqueci aquela cara. Aquele homem. Viemos correndo para Belém. Fiquei um tempo calada. Não tinha nada para dizer. Aos poucos voltei ao normal. Normal? Nunca fui normal. Nem o Fred, do jeito dele. Meu pai nunca mais andou. Nem trabalhou. Nem saiu de casa. A nova casa. Aquele apartamento em Nazaré. A tristeza no dia a dia. Sempre. Dia após dia. Mamãe fez amizades na praça em frente. Começou a costurar. Dondinha conosco. Fui crescendo, virando gente, e a lembrança cada vez mais viva. Eu queria saber a razão. Os pais não diziam nada. Dondinha foi obrigada, um dia. Ela disse o nome daquele homem. Wlamir Turvel. Meu pai tinha a serraria em Castanhal. Havia um carregamento ilegal. Meu pai topou. Estava apertado. Houve desacerto no valor. Meu pai era turrão. Fincou pé. Turvel tinha um juiz amigo. Escreveu contrato de venda. Obrigou meu pai a assinar. O velho apanhou, mas disse não. Mudou de ideia quando minha mãe foi estuprada. Perdemos tudo. A serraria era o que tínhamos. E o apartamento que era um investimento. E a aposentadoria por invalidez. E as costuras de mamãe. Ninguém a recorrer. Os dois tinham vindo do interior do Paraná. Sem família. Namorados. Casaram-se em Castanhal. O pai vendeu o caminhão. Comprou a área da serraria. E as gêmeas? Seriam filhas do pai ou de Turvel que a estuprou? Isso nunca foi explicado. Fazia parte da tragédia. Da minha vingança. Minha. Só minha. Do Fred, também. Os dois contra o mundo. Mas a cabeça dele é mais leve. A minha é pesada, de ódio. Minha vida não é como a dos outros. Minha vida é minha vingança. Isso me fez ficar ligada. Viva. E, a cada notícia de Wlamir Turvel, eu me fortalecia. Cada vitória. Cada eleição. Cada foto. Reportagem. Lia, recortava e guardava, escondida. Mostrava para o Fred. Nós éramos adolescentes. Estudávamos e voltávamos para casa. Aquele ambiente parado no tempo. Só as clientes da mamãe para fazer algum movimento. Nada de festa. Nada de diversão. Dondinha tentava empurrar. Mamãe não tinha tempo. A costura e as gêmeas. Papai. Quando Wlamir Turvel aparecia na televisão, trocava de canal. Nenhum comentário. Fred passou primeiro no vestibular, em administração. No ano seguinte, passei em serviço social. Não era perda de tempo. Tudo era uma preparação para a vingança. Veio o Luciano. Meu namorado. Um rapaz legal. Eu sei que ele gostava de mim. Muito. Eu não. Mas sentia afeto. Será que eu sentia ao menos afeto? Me levava pro cinema, teatro, passear. Nunca levei em casa. Marcava um lugar. O Fred também, com a filha de um pastor americano, Eve, brancona, bonita, simpática. Ela também teve de lutar. Ele cedeu. Achava ele muito calado. Cabeça de homem é diferente. Ia servir o exército. Aprender a usar armas de fogo. Seria útil. Nosso plano não estava pronto, ainda. O James, irmão da Eve, viajou para os Estados Unidos, em férias. Quis levar o Fred. Com que dinheiro? O pastor ajudou. A passagem, comprada a partir de lá, é mais barata. Ele estava passeando no Central Park, em Nova York. Foi atropelado por uma bicicleta. A moça o levou para seu apartamento para socorrê-lo. Avisou o James que não iria voltar com ele. Ficou por lá. A moça parece que está ficando famosa. É cantora de rock. As voltas do mundo. Meu mundo é minha vingança. Deixa o Fred. Agora é comigo. Wlamir Turvel elegeu-se governador do Estado. Incrível, mas verdadeiro. O pai do povo, intitula-se. Pensa que o céu é o limite. Está ficando cada vez mais distante de mim. Como alcançá-lo para a vingança? Mais um tempo ele vai para Brasília. Luciano, coitado, deu a dica. Contou que encontrara uma amiga que tinha virado garota de programa. Trabalhava para um tal de Carlito, veado desses que agenciam meninas. Que atendia até secretários de governo. Aquilo me deu uma ideia. Matar Turvel, simplesmente, era pouco. Ele devia sofrer. Ser desmoralizado. Ficar na lama. E depois ser morto. Ele precisava sofrer. Pagar por tudo que fez à minha família. Perder tudo. Coitado do Luciano. Eu disse que tinha um trabalho da faculdade para fazer com garotas de programa. Pedi o nome e o telefone da amiga dele. E, depois, sumi. Simplesmente, sumi. Era um cara legal. Tomara que encontre uma moça normal. Comigo não dava.

Liguei para Fátima, a Fafá, e marquei encontro. Era uma mulher bonita, jovem, bem vestida, mas de maneira sensual. Contou que ganhava bem, tinha até apartamento alugado. Suas fotos estavam no *book* de Carlito, que levava aos seus clientes. O Luciano me disse que é um trabalho da faculdade. Não. O Luciano acha que é. Mas não é. Eu quero ser como você. Me apresenta pro Carlito.

Carlito, essa é a garota de quem te falei. O nome de guerra já está escolhido: Sílvia. E tem uma coisa que eu não te disse e que tu vais gostar de saber. Ela é virgem. Sem papo. Sem enrolação. Não é Sílvia? É. Pode fazer qualquer teste. Não te disse? É uma mina de ouro.

Tu é virgem? Duvido. Na tua idade? Quantos anos, 23, 24? Imagina, hoje em dia cabaço é tirado até com 9 anos. Virgem nessa idade. Desculpa aí, mas é difícil acreditar. Tá bom. Tu queres mesmo ser puta? Sabes como funciona? Sabes que tens de me pagar comissão? Tens casa? Sabes que é em qualquer horário. Tens telefone? Precisas comprar um celular. Deixa que eu te compro. Depois tu pagas. Tira a roupa. Sim, todinha. Vamos, pequena, que eu não tenho a vida inteira pra isso! Tira a mão, caralho. Deixa eu ver.

Querida, por mim, eu estava é examinando um bofe, tá? Humm... é, Fafá, a menina é tudo, sabia? Seios, bunda... esse cabelo.. onde é que tu estavas escondida? Deixa eu botar o dedo aqui... espera aí, tranquila.. Ai! Menina! Uma virgem nessa idade? Faz faculdade? Já sabe que vai faltar muitas aulas? Tu estás de cabeça feita, mesmo, né? Fafá, é tua indicação. Tua responsabilidade, viste? Depois te mando o cheque. Tá com tempo? Então vai começar a aprender agora mesmo. Fafá, me pega aí o telefone do Caco. Sim, aquele bofe gostoso. Cobra caro pra caralho, mas rende bom dinheiro. Manda ele pra cá.

O garoto chegou. Bonito, mesmo. Carlito nos levou para seu quarto. Disse pra Fafá também entrar. Explicou pro Caco que eu era virgem. Que ele queria ensinar umas coisas. Eu tirei a roupa de novo. Caco também. Eu compreendi que precisava aprender, mesmo, se quisesse ter sucesso na minha vingança. E foi isso que me deu a desfaçatez necessária. Eu notei nos olhos dele a admiração por meu corpo. Carlito, Caco e Fafá foram me dizendo o que fazer. Como parecer tolinha, disponível. Como fingir sensualidade, simpatia, desejo. Fazer elogios. Fazer carinhos. Colocar as mãos do homem no nosso corpo. Pegar neles. Ali, naquele lugar. Ter paciência. Reconhecer tamanho e grossura onde não houvesse. Naquela tarde, aprendi a ser uma puta. Caco ficou excitado. Eu, não. Eu levei a sério.

E se o homem quiser comer a bundinha? Minha filha, a primeira resposta é não. Mas um não assim como quem tem medo do tamanho do pau dele, entende? Algo que o orgulhe e o leve em frente. O valor aumenta, tu sabes, né? Eu te ensino. E se ele quiser esporrar na tua boca? É sim, menina, isso mesmo. Eles gostam. Se sentem fortes. Custa mais. Tu estás gostando, não é, Caco? Tá de pau duro... Ela é bonita, mesmo, mas não é pro teu bico, tá? É uma mina de ouro. Vai. Pode ir. Tu também, Fafá. Obrigado. Depois vai o cheque. E tu, como é o nome? Ah, Sílvia. Vamos conversar. Eu vim do nada. Uma bichinha que todo o mundo sacaneava. Mas hoje eu tenho nome. Tenho credibilidade. Hoje, ninguém

me sacaneia, tu estás me entendendo? Algumas já tentaram e se foderam. Um telefonema meu pro chefe de polícia e a pessoa tá fodida na minha mão. Eles são todos meus clientes. Tu estás me entendendo? Tu és virgem. Eu vou vender o teu cabaço bem caro, viste? Eles ligam querendo saber se tem carne nova. Perguntam se tem cabaço. Gostam. Eu vou vender o teu cabaço. Vou ligar pra eles. Toma esse telefone aqui. Eu te aviso.
Carlito, cobra caro. Eu quero gente do governo. Tu sabes quem gosta. Quero de secretário pra cima, viste? Se eu vou dar, quero que custe caro. Eu vou ganhar e tu também. Fica tranquilo, ninguém me conhece. Quase não saio de casa.
Queres começar por cima, né? Tá bom, eu admiro quem tem ambição. Sem isso eu também não chegaria a lugar nenhum. Secretário? Acima de secretário, só governador, minha nega. Tu, hem?

Puta. Fafá a esperava embaixo. Foram ao shopping comprar roupas. Roupas de puta. Calça Gang para apertar e realçar a bunda. Blusas decotadas. Sapatos de salto. Ao salão. Depilação. Sobrancelhas. Cabelo. Maquiagem. Aprendeu.
O Luciano não precisa saber disso, viu? Nunca vai saber.
Amiga, toma cuidado. Vê lá onde está se metendo. Eu sei. Eu também sei. Fique tranquila. Obrigado. Não vou esquecer a ajuda. Vou te pagar logo com o primeiro dinheiro que receber. Eu sei. Tu és legal. A gente até pode se encontrar por aí. De repente, eles fazem uma farra em um sítio, de vez em quando acontece, e a gente se vê. Ficamos juntas. Tu és muito bonita. Me entende?
Naquela noite ela pensou em mandar um e-mail para Fred, contando tudo. Mas preferiu silenciar. Deixa que ele viva. Que aproveite a vida. Gosta da namorada. Tem o direito de escapar. Eu, não. Ninguém na casa gostou do novo visual. Da cor do cabelo. Deu uma desculpa qualquer. Em seu quarto, fez questão de rever sua coleção de recortes de Wlamir Turvel e seus sucessos.

Sorriu. Finalmente, estava começando, pra valer, sua grande motivação. A vingança. Olhou-se no espelho. Uma nova cara. A depilação a deixou com poucos pelos pubianos. Fafá dissera que era assim, mesmo. Que ficaria melhor com as calcinhas sensuais que comprara. Bem, agora era esperar. Dois, três dias. Um sábado de manhã, o celular tocou. Estava acordando. Abafou o som e atendeu. Carlito. Sortuda. Nós vamos ganhar muito dinheiro. A macharada tá doida, menina! Cabaço novo na praça, eles gritam, os merdas. Tá preparada? Custou caro. Bem caro. Já vais começar te dando bem. É o secretário de Cultura. Saulo Miso. Um merda. Metido a intelectual. Intelectual de merda. Todo orgulhoso. Há quem diga que bastou fazer um fio terra pra ele amansar. Gosta de cabaço. Presta atenção. Ele vai te buscar às três da tarde, ali no Doca Boulevard. Disse que tu vais estar de jeans e blusa branca, decotada. Teu cabelo está louro? A Fafá me disse. Ele tem uns 55 anos, por aí. Grisalho, barbado. Vai te perguntar pelo Carlito. Tu dizes que ele marcou contigo. É a senha. Faz o que ele quiser. Faz ele gozar. Ele paga em dinheiro. Não quer cheque rastreado. Geme, grita, faz com que ele sinta que é poderoso. Ele vai olhar depois a camisinha pra ver se tem sangue. Pra conferir. Se gostar, vai te chamar outras vezes. Vai comentar com os outros secretários. Na volta, vem direto pra cá. Quero o meu dinheiro. Quero que me contes tudo. Combinado?

Não era tão fria, nem tão ingênua assim. Ninguém hoje em dia é. Há filmes, revistas. Houve noites de namoro mais forte com Luciano. Mesmo se controlando, ela pegou no pênis dele e sabia exatamente como era. Mas agora tudo ia começar. Tudo para o que se preparara a vida inteira. Não havia espaço para sentimentalismo. Vestiu-se e olhou-se no espelho. Não era mais Isabela Pastri. Era Sílvia. Externamente. Internamente, Isabela, pronta para a vingança.

Aquele homem com rosto cansado e um leve esgar nos lábios disse a senha. Ela respondeu. Ele a levou para seu carro, com vidros fumê. Foram para o motel ali próximo, na Pedro Álvares Cabral. Ele pediu vinho. Perguntou seu nome. Tentava ser gentil. Ela fez seu papel. Posou como uma cabritinha assustada, ingênua, mas com muito desejo. Do vinho, só o suficiente para molhar o lábio. Ele a despiu. Deitou-a de costas e usou as mãos. Checou tudo. Ela, atriz, fria, mas aparentemente excitada. Sim, o KY antes do encontro era essencial. Os dedos dele trabalharam e ficaram satisfeitos em encontrar umidade entre suas pernas. Deixou as luzes acesas e despiu-se. Peludo, abdômen flácido e um pênis normal. Nada mais. Ela disse elogios encabulados, para encorajá-lo diante da donzela indefesa e virgem. Pegou seu membro e o fez endurecer. Vestiu-lhe a camisinha. Pediu que a deflorasse. Ele exigiu que ela gritasse pedindo. Gritou. Aquela estocada doeu fundo. Muito fundo. Lágrimas se insinuaram, mas foram detidas. Gemeu como se ele a estivesse satisfazendo. A animação levou-o ao gozo rápido. Quando saiu dela foi logo ao copo de vinho. Ela elogiou. Disse que tinha sido como um sonho. Ele perguntou se havia doído. Ela disse que o desejo tinha sido maior. Foi como no sonho. Gosto de homens mais velhos. Ele perguntou se lembrava seu pai ou algo assim. Quase descontrolou. Disse que sim, mas o pai havia falecido havia muitos anos, quando era criança. Talvez seja a ausência, ele disse. Talvez, ela concordou. Ao lado, a camisinha usada, com um filete de sangue. A prova de sua defloração. Elogiou novamente. Disse que ele tinha sido o primeiro. Ele respondeu que haveria muitas outras vezes. Perguntou se trabalhava, estudava. Disse que estudava, antes de vir para Belém. Tinha vindo de Ananindeua havia pouco. Se precisar alguma coisa, me procure. Sou secretário de Cultura, te disseram? Não, não sabia, mentiu. Perguntou se era poderoso um secretário de Cultura. Depois de mim, só o governador. E olha que muitas vezes o governador não faz nada sem me perguntar. Se precisar, qualquer coisa, pode me pedir. Vai querer de novo, ouviu-se perguntar e percebeu que a vingança se sobrepunha a qualquer outro sentimento.

Estava preparada. Ele disse que não. Uma bem dada é melhor do que várias. Ela disse que tinha sido ótimo, mesmo. Ele disse que sabia que uma defloração era um momento muito importante e que ela agora devia descansar. Haveria outras vezes. Foi pagar a conta. Ela foi vestir-se. Ele pediu um momento. Tocou seus seios, sua bunda, sua boceta. Você é linda, como é mesmo seu nome? Sílvia. O dinheiro está ali ao lado de sua bolsa. Ele a deixou no Doca Boulevard. Agora, no carro, mesmo no curto trajeto, ele parecia outro, distante, frio, um estranho. Sentiu-se largada como laranja chupada. Foda-se, pensou. Tinha começado. Doeu. Foi humilhante. Mas o objetivo é nobre. Contou a Carlito. Pagou. Ele disse que esperasse outro telefonema. Era mercadoria da boa. Ele a estava vendendo por muito dinheiro. A macharada tá doida, Sílvia! Ligou para Fafá. Pagou. Contou. Ficou mais aliviada. À noite, em sua cama, pôde chorar à vontade.

À procura. Ávido, Fred abriu a caixa de e-mails. Mensagem de Pat. *Querido, o que aconteceu? Onde você está? Por favor, me diga algo. O que eu fiz? I love you, baby. Sinto sua falta. Volte, por favor!* Outro, de Isabela. Era curto. *Fred, eles nos mataram novamente. Pedi ajuda porque tive medo. Por favor, diga onde está. Estou na casa de uma amiga, Fafá, na travessa do Chaco. É um edifício novo, mas acho que precisarei sair daqui. É muito perigoso pra ela que não tem nada que ver com o assunto. Qualquer coisa, ela dirá onde estou.* Isabela. Viu o horário em que o e-mail havia sido passado. Segunda, 23h20. Era final da tarde de terça. Precisara dormir depois da correria da viagem. Chamou um táxi. O prédio era novo. Não conhecia. O porteiro disse que Fafá não estava. Em seu olhar, havia alguma malícia. Perguntou pela irmã. Não conhecia. A amiga de dona Fátima é dona Sílvia, mas esta ainda não vi hoje. Peguei no serviço às sete da manhã. Nem essa Sílvia? Não tem ninguém lá em cima, agora. Deixou o telefone do hotel, pedindo que ligasse se Fafá voltasse. Então decidiu, com pesar, ir até o IML ver os corpos.

Identificou-se. Foi até as geladeiras. Descontrolou-se. Tremeu, pediu copo d'água, chorou. Estavam ali seus entes queridos, tão sofridos e com um destino tão cruel. Assinou os papéis. Alguém informou sobre funerária. Esperou e eles vieram. Acompanhou até a capela. O enterro seria no dia seguinte, às oito da manhã. Sentou--se para passar a noite em velório. Entrou um homem na capela. Não havia notado. Estava concentrado em seus pensamentos. Ao mesmo tempo sentia ódio, humilhação, medo, revolta. Raiva de si mesmo por estar vivendo sem preocupações, longe dali, enquanto seus pais eram assassinados, sua irmã estava foragida e era caçada, certamente. E agora, em Belém, de mãos atadas, sem saber o que fazer. E medo. Seria um covarde?

Alfredo Pastri Filho? Boa noite, meu nome é Orlando Saraiva, jornalista. Sei perfeitamente que não é o momento apropriado, mas gostaria de conversar com o senhor. Claro, se não puder agora, podemos marcar outro horário. É que me informaram lá no IML da sua presença e eu vim até aqui.

Olhe, espero que o senhor compreenda a minha situação. Minha família inteira foi assassinada. Assim que soube, corri para cá. Moro fora do Brasil, portanto não sei de nada. Não sei de nenhuma razão para isso acontecer. Não temos inimigos. Meus pais eram tranquilos e reservados. Portanto, fora minha tristeza, não tenho absolutamente nada a lhe dizer. Por favor, boa noite.

Senhor Pastri, peço-lhe desculpas, novamente. Mas, além do senhor, há outra sobrevivente, sua irmã. Onde ela está? Viajando, também?

Sim. Está viajando. Talvez não consiga chegar a tempo para o enterro. Agora, se me dá licença..

O jornalista foi embora. Não podia dizer nada. Não sabia nem o que fazer. Talvez procurar Luciano. Será que ele ainda era gerente daquele cinema? A noite foi longa, úmida e triste. O cemitério ficava à margem da BR-316, e ele só ouvia, ao longe, o ruído do tráfego. Cochilou. O sol e os ruídos o acordaram. Houve o enterro. Além dele, o padre e os coveiros, dois homens de paletó e gravata

acompanharam tudo. Quando acabou, ele foi saindo. Seu humor estava a zero com tanta tristeza e cansaço pela noite mal dormida. Os dois homens encostaram.
Senhor Pastri Filho, sou o delegado Gláucio Lima e este é o investigador Pereira. Sou o encarregado do inquérito sobre a tragédia de sua família.
Senhor delegado, estou muito cansado, passei a noite aqui no velório. Eu compreendo. Por favor, responda apenas a algumas perguntas e mais tarde conversaremos melhor. O senhor mora fora do Brasil?
Sim, estou fora há uns três anos, morando nos Estados Unidos, em Nova York. E, antes que o senhor me pergunte, posso garantir que meus pais não tinham inimigos. Meu pai era aposentado por invalidez, um acidente há muitos anos. Minha mãe era modista, costureira. Ambos eram muito reservados, meu pai nem saía de casa.
Além do senhor, há também uma irmã, Isabela, que não estava no momento no local, não é? Sabe dizer onde ela está?
Não, senhor. Creio que ela estava viajando e deve chegar a qualquer momento. Também não sei onde ela estava, pois não fui informado.
O senhor tinha algum contato com seus pais, com sua irmã, Isabela?
Poucos contatos. Às vezes ligava, em datas de aniversário, mas nos dávamos bem. Eu viria aqui para apresentar a mulher com quem vivo nos Estados Unidos. Meus pais eram pessoas de bem. Agora, se me dão licença. Ah, senhor delegado, gostaria de visitar o apartamento. Pode ser?
Pereira, liga lá pro Dagoberto e manda dizer que Alfredo Pastri Filho vai até lá. O senhor entende, o apartamento está interditado para averiguação da polícia técnica. O investigador Dagoberto está lá e vai acompanhá-lo em sua visita. Devo informá-lo que até a liberação, não pode tirar nada do lugar, está bem? Onde posso encontrá-lo, senhor Pastri, mais tarde, para conversar?
Estou hospedado no Hotel Central, ali na Presidente Vargas.

Muito obrigado. Meus sentimentos. Passar bem. Estava cansado. Muito cansado. Com a alma ferida. Mas decidiu ir até o apartamento naquele instante. Devia ver tudo. Tentar alguma pista. Isabela estava em perigo. O investigador Dagoberto aguardava na portaria. Subiram. Ao entrar, sentiu cheiro de produtos químicos. Sim, os corpos estavam em decomposição quando foram achados. Viu marcas de giz onde caíram. Os acontecimentos embrutecem a gente. Andava por aquele lugar onde passara grande parte da vida, compreendendo, enfim, que aquele ambiente pesado, triste, era como um preâmbulo da tragédia que viria. E que a vida o levara até Nova York e, no entanto, tudo estava ligado àquele domingo, no trapiche, em Castanhal. Tudo. Ele, Isabela, Dondinha, os pais e até as gêmeas, estas sob a eterna dúvida se teriam sido geradas antes do estupro ou não. Andou pela sala. Foi até a grande janela. Lá fora, a praça do CAN vivia seu cotidiano, com estudantes, crianças, idosos e namorados. Foi até o quarto dos pais. Sentou-se na cama. Olhou as fotos na cabeceira. Demorou-se. Fez com que Dagoberto relaxasse em um sofá da sala. Foi ao quarto de Isabela, direto na caixa de recortes que ficava escondida no armário. Escondeu-os por dentro da camisa e da calça. Ninguém podia saber. Queria saber o que havia acontecido durante o tempo em que estivera ausente. Lá estavam, na foto, ele, ela e as gêmeas, com Dondinha. Que desgraça. Respirou fundo e voltou à sala. Fico tranquilo que o senhor não mexeu em nada, não foi, doutor? Fique tranquilo. Virei aqui quando for liberado. Pois não. Podemos sair?
Foi até o cinema Olímpia, procurar por Luciano. O rapaz disse que havia saído, mas já voltaria. E lá vem entrando Luciano. Parecia o mesmo. Alguns quilos a mais, talvez. Recebeu os pêsames emocionados. Fiquei chocado. Tu sabes que Isabela nunca me levou até lá para conhecer a família. Mas a notícia me abalou muito. Onde ela está? Tu sabes? Vim te perguntar se sabes alguma coisa. Ela me mandou um e-mail pedindo ajuda. Alguma coisa estava acontecendo. Não sei onde procurar. Se eu soubesse... Ela

era muito reservada. Não tinha amigas. A última vez que a vi foi quando... Ela terminou contigo? Há muito tempo. Estava dizendo. Comentei com ela sobre uma amiga que era garota de programa. Ela disse que precisava entrevistar essa menina, para um trabalho da faculdade. Daí, nunca mais a vi. Foi como se sumisse da Terra. Fred, eu ainda gosto dela. Não me casei, tenho casos esporádicos. Pode contar comigo para qualquer coisa. Apesar das circunstâncias, foi um prazer falar contigo. Voltou ao hotel. Se soubessem que estavam tão próximos... Em seu quarto, leu novamente os recortes que já conhecia e deteve-se nos que eram recentes, dando conta dos feitos de Wlamir Turvel. Sua eleição, suas brigas políticas, suas alianças. O lançamento de sua candidatura à reeleição para o governo do Pará. O que quer que Isabela tenha feito a esse homem, provocou um grande ódio, um grande medo, para ele reagir tão violentamente. Abandonou todos os escrúpulos. Matar uma família inteira. Será que é assim por aqui? Ele se sente tão poderoso que, quando acuado, deixa de lado todas as cautelas? Quer dizer, deve estar bem coberto. Só Isabela pode resolver isso. Onde vou encontrá--la? Ligou o *notebook* e enviou e-mail para Pat. Pat. Sorry. I don't know if I'll come back. I have things to do. One day, maybe, I'll tell you. Love you forever. Fred.

Ira. Filha da puta! Escrota! Puta! Putona! Escrota! Jamelotti, olha isso aqui. Estás vendo o que aquela filha da puta me arrumou? Olha bem. Vê as fotocópias. E mais, vê essa xerox do laboratório. Viste? Agora lê este bilhete. Estás vendo? Uma puta-de-merda, dessas, querendo fazer chantagem. Um bando de merda. Uma família de traidores. Merda! Ela me enganou, tá certo, ela me enganou. Será que te enganou também, Jamelotti? Hem?
Claro, Wlamir. Ela enganou a todos. Meu Deus do céu, e agora? Sai pra lá, não vem desconfiar de mim. Estamos fodidos. Fodidos e mal pagos. Essa mulher vai jogar merda no ventilador. E a reeleição? E os negócios? Vai acabar com tua reputação. Puta que pariu!

Vai acabar um caralho. Ela vai morrer. Vai morrer pelo topete de me enganar. Vai morrer porque eu não devia ter tido pena de nenhum deles. Isso é que dá a gente ser bonzinho. Ela quer se vingar, mas comigo não. Jamelotti, tu tens o endereço dela? Procura no catálogo. A família Pastri. Sim, os Pastri... sim, senhor, tantos anos depois. Manda matar. Todos. Não quero saber. Corta o mal pela raiz. Tu sabes como fazer. Não preciso me meter. Cuidado, Wlamir, tu podes ter uma coisa! Deixa que eu cuido. É pra já. Pra hoje. Pra agora. Arma essa história. Me liga. Quero saber na hora. E depois apaga os rastros.

Antonio Jamelotti sabia como fazer. Claro, desta vez precisava ter mais cuidados. Ligou para o Lobato na Ok Autopeças em Castanhal. Quero o Netinho. Ele vai comandar. Chama aqueles dois de Tailândia, sabes? Tá. O chefe tá puto. É serviço sério. Discreto. Importante. Pago por cabeça. O dobro. É. O dobro. A ideia é o seguinte. O endereço é naquele edifício, lá no CAN. O CAN, na frente da Basílica. Tá? Bom, domingo é o encerramento do Círio, Recírio, essas coisas. Eles vão de noitinha. Esperam começar os fogos. Tu sabes, os fogos, à meia-noite. Todo o mundo vai estar ligado nos fogos. Eles sobem e fazem o serviço. Depois eles voltam, direto, na mesma pisada. Mando o dinheiro como das outras vezes. Olha, Lobato, é coisa séria. Coisa feia. Serviço profissional. Não me deixa rabo. Eu sei. Eu sei. Tenho confiança. O home também. Vou ter gente conferindo que vai me ligar me dizendo que tá tudo certo. Fica tranquilo. Fica com Deus.

Ligou para o coronel Silva. Ô Silva, vem agora, aqui comigo. Estou no Palácio.

Silva, tu estás conosco há muito tempo. Cresceste, ganhaste autoridade. Ganhaste dinheiro, não foi, Silva? A gente te aguentou um monte de coisa, não foi, Silva? Pois é. Tem um serviço. Coisa séria. Pra ser feito por ti e mais alguém de tua confiança. Caso de vida ou morte. É pedido do home. Do home. Do governador. Do teu governador. Posso contar contigo? Vai acontecer um crime. Neste domingo. No CAN. Não, ninguém vai perceber. É num apartamento daquele edifício que fica na praça, do outro lado, sabes? Pois é. São três homens. Eles vão cometer esse crime e vão fugir. Vão estar em um Gol. Está tudo esquematizado. Eles vão estacionar ali na Generalíssimo, logo depois da Braz de Aguiar. Quando eles voltarem, leva eles pra dar uma volta e dá sumiço. Sumiço. Quero que não sobre nada. Nem do carro, nem deles, viste? Leva contigo gente discreta, de confiança. Entendeste bem? Me liga quando tudo estiver resolvido. Não, me liga quando eles estiverem contigo e depois, novamente, quando tiver resolvido. Vou te explicar de novo.

Sozinho em seu gabinete, naquele sábado à tarde, deixou de lado os papéis que tinha ido assinar e as ligações que deveria ter feito. Fumava mais um cigarro, das quatro carteiras que consumia diariamente. E pensava. Aquela filha da puta. E eu gostava dela. Gostosa. Me fazia todas as vontades. Viajava comigo. É por isso que dizem que homem se perde mesmo é por uma boceta. Ele que tinha tanta facilidade em lidar com seus assuntos desonestos, nunca deixando pistas, e ainda duelava no cenário político, embora achasse que no fundo era tudo a mesma coisa, a luta pelo poder, se deixara enganar por uma mulherzinha. Uma escrota. Uma Pastri. Devia ter matado todos. Lembrou, vagamente, da mulher do Alfredo, que estuprou. Ela gostou, ela gostou, no fundo, ela gostou, consolou-se. Mas agora fará o que devia ter feito há muito. Com uma violência que ninguém esperaria. Seu segredo. Um monstro na defesa dos seus interesses. Não hesitava em matar. Primeiro eu queria dinheiro. Depois eu quis poder. Agora eu posso qualquer coisa. Mas essa filha da puta, essa Isabela Pastri, porra nenhuma de Sílvia. E ainda me chamava de Mimi, Mimizinho... Filha da puta. O que a gente não faz por uma boceta. Mas a verdade é que, se não agisse com rapidez e precisão, poderia se complicar. Ela tinha tudo em mãos. As cópias dos documentos e aquele exame. Quer dizer que depois de velho o Wlamir ainda funcionava? Um filho. Cilene não podia ter filhos. Então não pensara mais nisto. Um filho. E logo dessa

maneira. Essa filha da puta quer me pegar de jeito. Manda matar e tá acabado.
Passou o domingo na piscina, bebericando com Jamelotti. Ele garantiu que tudo seria feito à noite. Explicou o plano e ele gostou. Jamelotti sabia fazer. Uma dupla que funcionava. Cilene estava na casa em Salinas. Vai ver tinha levado seu segurança particular, escolhido a dedo. Que foda à vontade. A vida é dela. Tô cagando. Cada um pro seu lado. Então, Jamelotti, quer dizer que aquela putinha nos passou a perna, hem? Tu foste o primeiro, não foi? Não. O primeiro foi o Saulo. O Saulo? Aquele leso que todos acham que é veado? Depois eu comi. Com todo respeito, Wlamir, ela é linda, mesmo. Sílvia. Quando tu viste, mandaste sair todo mundo de perto. Era tua. Ela gostou. Ou parecia gostar. A filha da puta nos enganou direitinho. Agora vai pagar por isso. Eu já tinha te contado essa história da família Pastri, não? Pois é. A filha da puta veio se vingar. E tu viste o exame? É, meu querido, o velho aqui ainda dá no caldo. Panela velha, hem? Trouxeste os papéis pra assinar? Quero ver o jogo na TV.
Wlamir. O serviço foi feito. Tranquilo. Tudo limpo. Foi gente do Lobato. Mas tem uma coisa. Eu mandei o Silva, o coronel, dar sumiço neles. Já me ligou. Tudo certo. Mas tem um problema. O pessoal do Silva foi lá conferir. Faltou uma. Ela. Não estava lá. Puta que pariu. A sacana fugiu, adivinhou, sei lá. Claro, tu sabes que não vazou nada. Ela sacou, sei lá. E agora?
Caralho, merda! De qualquer maneira apagamos a família. Já é alguma coisa. Quer dizer que o serviço foi limpo. Vou falar com o Antonio José, mandar arquivar e tudo bem. Mas precisamos apagar a escrota. Olha, lembrei agora daquele veado que agenciava ela. Um tal de Carlitos. Ele presta serviços pra gente. Pra mim. Pro Saulo. Pro Antonio José. Arranja umas garotas. Ele que trouxe ela. Ele vai dizer onde ela está. Apago ele também? Apaga.

Dúvida. Valdomiro Cardoso voltou para sua casa. Tomou banho, foi até a mesa, abriu o envelope, leu e viu tudo o que estava ali.

Havia documentos fotografados, recibos de entrega, fotos em que o governador aparecia em vários lugares, com outras pessoas que ele não conhecia e um resultado de exame laboratorial dizendo ser positivo, exame para constatação de gravidez, em nome de Isabela Pastri. Outro bilhete, destinado a Wlamir Turvel. À medida que foi lendo, Valdomiro foi ficando tenso, preocupado, até suado. Quando chegou ao final, respirou fundo, olhou mais uma vez as fotos dos bilhetes e dos recibos, as do governador, acotovelou-se na mesa e ficou pensando longamente. Teve medo. O que tinha em mãos era de um teor altamente explosivo. Revelado, poderia lhe causar problemas. Muitos problemas. Acabar com sua atitude perante o mundo, discreta, seu mundo pessoal. Sua segurança. Aquilo era suficiente para mandar matar alguém. E se o tivessem visto retirar a sacola? Meu Deus, como fora ingênuo, indo até a Estação das Docas! Pensou em todos os alarmes e os reforços na segurança da casa. E essa Isabela, onde andará? Será que foi morta? Teriam coragem de fazer isso? Fugiu? Não leu nada nos jornais. Não lera jornais. Tinha programado assistir *Um cão andaluz*, em vídeo, mas desistiu. Na cama, luz apagada, virando de um lado para o outro, sem sono. Quando chegou no trabalho, foi direto aos jornais. "Família assassinada no CAN." Leu. O nome Pastri. Não estava Isabela. Mas uns caras que esbarraram em mim e... o chaveiro... Puta que pariu. Tô fodido. Disfarçou o nervosismo. Continuou lendo, passando para o caderno de esportes, procurando pelos resultados do campeonato suburbano e da Assembleia Paraense onde havia atuado. Nada mais tinha importância. No restante do dia, em meio ao serviço, pensava se procuraria Orlando Urubu. Não o conhecia pessoalmente. Poderia ser alguém que não hesitasse em revelar sua fonte e, aí, sua vida correria perigo. Tinha uma bomba atômica nas mãos. Passou por uma banca de revistas. Lá estava o jornal do Urubu. Tão nervoso que simplesmente folhear o jornal e procurar pelo endereço de Orlando já o fazia se imaginar foco de milhares de olhos. Estava lá. Anotou mental-

mente. Nunca esqueceria o telefone. Poderia guardar aquilo para sempre, bem escondido. Ou queimar. Sua vida continuaria no seu normal. Sua consciência trabalhou lembrando daquela família assassinada. Do paradeiro da tal Isabela. Dos crimes documentados ali naquele envelope. Sentiu-se covarde em deixar as coisas assim. Guardar aquelas denúncias. Telefonou. Uma mulher com voz de doméstica atendeu. Ele não estava. Voltaria mais tarde. Resolveu dar o número. Seu primeiro nome. Era urgente. Caso de vida ou morte. Podia ligar, mesmo que fosse tarde. Sentiu-se ao mesmo tempo aliviado e corajoso. Como quando, diante de toda a pressão da torcida, marcava um pênalti existente, ou aplicava um cartão vermelho, claro, mal comparando. Somente a sensação de justiça. Botou no forno bolinhos de queijo para jantar. Ligou a televisão apenas para fazer companhia. Hoje não haveria filmes nem audição de CDs. Nervoso, andava de um lado para o outro, aguardando a ligação. Já passava das onze horas da noite quando o telefone tocou, assustando. Por um momento hesitou em atender. E se fossem eles? Eles, quem? Sei lá. Atendeu. Era Orlando Urubu. Explicou que havia encontrado um envelope, na rua, e abrindo, lera fatos importantes que deveriam ser levados a público, escabrosos o suficiente para a prisão do próprio governador do Estado. Precisou repetir, calmamente, até obter algum crédito por parte de Urubu. É que muita gente liga e às vezes é pura bobagem. Onde você está? Em casa. Posso ir aí. Não, sei lá, estou com medo. Vamos fazer uma coisa: sabe onde é o Albatroz? Aquele boteco ali na esquina da Nazaré com Dr. Morais? Lá. Acho que ainda está aberto. Tem sempre uns bebuns. Você está longe? Em meia hora? Está bem.
Agora não tinha volta. Suplicaria, trocaria a informação que era excelente pelo esquecimento de sua pessoa. Não podia ser envolvido. Seria seu fim. Quando chegou, ele já estava lá. Vim correndo. Tive um dia cheio. Nem troquei de roupa. Primeiro o assassinato de uns *gays* em uma sauna, depois fui falar com um integrante daquela família que foi morta lá no CAN, você

leu? Li. É sobre isso que quero lhe falar. Mas antes, preciso dizer umas coisas. O envelope é este. Mas eu só vou lhe passar se tiver inteira certeza de que não vou ser mencionado. De maneira nenhuma. Você esquecerá que me viu. Que falou comigo. Que recebeu de mim este envelope. Posso ter a certeza? Você não será, de alguma maneira, forçado a revelar? Nem pela Justiça? Olha, Valdomiro, na qualidade de jornalista, posso guardar segredo sobre minha fonte. Não sei exatamente o que é, mas, se você não tiver envolvimento com esse assunto, algo que o incrimine, que o revele participante de qualquer delito, pode ficar tranquilo. Eu compreendo seu desejo de anonimato. Hoje em dia, tudo anda muito perigoso. As pessoas querem mais é ficar trancadas em casa. Isso, isso, trancadas em casa. Sou um simples entregador de correspondências, em um escritório de contabilidade. Nos finais de semana, sou juiz, imagine, juiz de futebol em campeonatos de pelada e no subúrbio. Achei isso perdido na rua. Acho que a cor do envelope, qualquer coisa, me chamou atenção Levei para casa e quando li, não só me lembrei de você, pela sua luta, pelo jornal que escreve, como, mais ainda, há indicação clara para que tudo lhe deva ser entregue. Mas é que fiquei com medo, sabe como é. Bom, é isso aqui, não é? Você quer que eu abra aqui mesmo? Não. Por favor. Aqui não.Você tem certeza de ter deixado aqui dentro tudo o que encontrou? Não ficou com nada? Absolutamente. Li, fiquei estarrecido e resolvi telefonar. Sendo assim, eu lhe agradeço a confiança. Vou levar comigo. Vou ler em casa, logo quando chegar. Muito obrigado. Prazer em conhecer. Você paga esse refrigerante? Deixe comigo. Olha, quase ninguém tem meu telefone, mas se quiser o número... Tá bom, me dá. Olha, vou colocar do lado, escrito, juiz. Assim, se alguém me tomar, também não vai saber quem é. Que bom. Fico tranquilo.

Valdomiro voltou para casa mais leve. Na verdade, sabia que, tendo em vista o que estava no envelope, não deveria abrir ali, no Albatroz, sabe-se lá. Mas gostaria muito de debater o assunto com

Urubu. Ele sabia das coisas. Conhecia as pessoas. Faria as ligações. Ele saberia tudo. Quem sabe, adiante, tomaria coragem e ligaria, tipo, "como é que andam as coisas?". Quem sabe. Orlando ligou para Eduína. Amor, hoje não vai dar. Tive um dia terrível e agora estou voltando pra casa com trabalho para fazer. O quê? Tu leste nos jornais. Olha, amanhã passo de dia aí. Talvez tenha muito assunto pra te contar, e de repente tu conferes algumas coisas. Um beijão. Tchau.

Chegou em casa, tomou banho, e enquanto jantava, com a TV ligada, procurando algum noticiário, abriu o envelope. Leu primeiro o bilhete de Isabela para Netinho. Depois viu a série de fotografias. Franziu a testa. Leu a carta. Às primeiras linhas, correu os olhos até o final para ver a assinatura: Isabela Pastri. Pastri? A da família assassinada? Ela não estava entre os mortos. Viajando, como disse o irmão? Meu Deus! Isso aqui vai explodir o Pará. Olhou as fotos e fez as ligações entre as pessoas. Viu documentos. Bilhetes. E aquele exame positivo de gravidez. Isabela Pastri? Mas era uma tal de Sílvia a amante de Wlamir... Sim, nome trocado. Uma vingança. Senhora vingança. E agora? Havia algo em curso. Seria, talvez, a maior reportagem de toda sua carreira. Pensou se também ultrapassaria todos os seus limites e entraria em real perigo. Releu e reviu tudo. Ficou pensando no que faria primeiro. Aquilo era uma verdadeira casa de caba.

Cheguei. A esmo, Fred Pastri resolveu navegar um pouco na internet. Quando acessou o site da *Billboard*, a primeira surpresa. "Rock singer goes to Amazon." Como? Clicou para saber mais. "A cantora de rock Pat Harrison embarcou hoje para o Brasil. Vai conhecer a Amazônia. Pat foi ao encontro do namorado, o brasileiro Fred Pastri, que viajou antes. Certa de que terá a companhia da imprensa, disse que aproveitará para mostrar as belezas da grande floresta amazônica." Estático. Quando ia cessar aquilo tudo? Uma sequência de golpes na boca do estômago. Sem parar. Repetidamente. Pat em Belém. Como ela conseguiu saber? Que perigo! A imprensa internacional aqui. Essa situação. Vai ficar ainda mais complicado saber o paradeiro de Isabela. Pensou em não aparecer por uns dias. Ela deverá ficar hospedada no Hilton Hotel. Preciso de algum tempo. Não sei quanto. Algum tempo. Ouviu o sinal do *notebook* avisando a chegada de um e-mail. Checou. Querido Fred. Já sei onde você está. Estou indo para aí. Você não vai me escapar assim, tão fácil. Já estava na hora de conhecer a Amazônia. Conhecer sua família. Quem sabe, voltamos casados daí? Estou chegando, meu amor. Procure-me no Hilton Hotel. Beijos. Pat. Na *Rolling Stone*, "Pat goes to Amazon". Na *NME*, "Rock on Amazon". Era notícia internacional. Há momentos de um cansaço tão extremo, que não há mais como absorver nada. Pensar em nada. Raciocinar. O sono atrasado, as emoções fortes, seguidas, uma após a outra. Olhos fechados. Feito pedra. Dormindo. Mas o mundo não para. Uns não pregam os olhos. Outros, dormem para sempre.

Love. Pat Harrison era uma mulher prática. Corajosa. Sabia o valor de uma escalada. Era sua vida. Vencendo desafios. Foi duro perceber que Fred havia ido embora. Estavam em ótimo momento. Sucesso, dinheiro, entendimento. Encerraram uma turnê vitoriosa que passou pelo Japão, pela Europa e Estados Unidos. Agora ficaria algum tempo em férias, compor novas músicas, pensar em um novo disco. Coisa de seis a oito meses tranquilos. Escapar da superexposição de imagem. Acordou relaxada, lá pelas duas da tarde. A cabeça pesada de ressaca. O corpo cansado do show. Cansado da longa turnê. Deixara reuniões em seu escritório marcadas para a semana seguinte, quando seriam contabilizados os lucros e decididos outros negócios. A gravadora queria lançar um DVD e um CD gravados ao vivo. Ela resistia. Ainda era cedo. Mas podiam fazer um bom acordo. Tinha a ideia de desenvolver seu próprio selo, com novos artistas. Agora tinha cacife para isso. As multidões que foram aos shows e às lojas consumir sua obra davam o aval. Fred não estava. Quem sabe foi dar uma volta no Central Park. Após um longo banho e *breakfast*, permitiu a entrada de Martha, sua secretária. Viu Fred? Não. Fred não voltou. Ela deu por falta de algumas roupas dele e de seu *notebook*. Não entendeu. Deixara o celular. Como quem corta as ligações. Começou a sofrer. Todos preocupados. Martha nos telefonemas. Nada. A copeira vem informar que o porteiro noturno vira Fred sair com bagagem. Ele foi embora. Será outra mulher? Duvido. Eu vim de baixo, conheço as pessoas. Voltou para o Brasil? Não. Teria dito. Não temos segredos. Bem, nem tudo ele me conta sobre o Brasil. A Amazônia. Como é mesmo a cidade? Belém. Pat está arrasada. A decepção veio somar-se ao cansaço físico e mental. Toma a decisão: procurem Fred. Eu vou atrás. Não interessa. Hoje, posso fazer o que quiser. Ele deve ter tido um forte motivo para isso. Martha, preciso saber. Ligue para a gravadora, discretamente. Não pode sair na imprensa. Quero saber para onde ele foi. Alguém pode checar as companhias aéreas. O negócio do passaporte. Vamos, Martha! Foi ao computador. Podia ter deixado ao menos um bilhete. Mandado um e-mail. Nada. Então mandou um para ele. Volte, amor. O que foi que eu te fiz? Tão cansada e sem sono. Estado de choque. Triste. Deixou tudo de lado. Os DVDs com cenas dos shows para escolher. A guitarra. Queria Fred. A informação chegou na terça-feira, lá pelo meio-dia. Fred estava na Amazônia. Martha já sabia o que Pat faria. Vamos para lá. Trate dos documentos. Hoje. Vou fazer as malas. A gravadora vai saber. O que eu digo? Nada. Assim não pode ser. Você é famosa. Não tem jeito. Está bem. Diga que vou para a Amazônia, fazer turismo, me encontrar com Fred, que foi antes. Vai encher de imprensa. Não posso fazer nada. De repente, vai ser bom. Quero chegar hoje ao Brasil. Hoje? Acho que não dá. Vou ver os horários de voo. Frete um jatinho. Eu posso. Eu quero. Para mim, é importante. Checou novamente a caixa de e-mails. Nada. Então mandou um e-mail dizendo que estava a caminho. Saiu de casa, com Martha e dois seguranças. Ligue para os rapazes. Só para saberem. Martha atendia a imprensa ao celular. No aeroporto, repórteres. Nada a declarar. *Billboard*, *NME* e *Rolling Stone* vão mandar jornalistas para acompanhar. Bom. Finalmente, a bordo, dormiu. Era madrugada em Belém. A temperatura amena, mas abafada, de alguma maneira. O representante local da gravadora estava aguardando. Martha tratou com ele. Difícil. Não falava inglês. Passou direto para o carro. É Hilton Hotel, aqui? Sim. Até a imprensa chegar, terei algum tempo. Pela janela, observava aquela realidade tão diferente. Muito verde. Quando chegou à Presidente Vargas, melhorou. As mangueiras. Achou tudo bonito. Passou direto para a suíte presidencial. Vamos procurar Fred! Mas são cinco da manhã! Está bem. Vou checar os e-mails. Talvez não volte. Tenho coisas a fazer. Te amo... Que coisas? Se tivesse dito, ela o ajudaria. Agora tinha dinheiro. Tinha poder. O que será que ele não tinha contado? Aqueles silêncios sobre sua vida em Belém... teria sido algum crime? Fred não era assim. Era um homem calmo, ponderado, discreto e amantíssimo. Acabou cochilando no sofá da suíte.

Rumo. Saulo Miso ainda a comeu três vezes. Cada vez mais apaixonado. Declarou-se. Sua mulher trabalhava em outra secretaria e pouco se encontravam. Ela era feliz trabalhando e não tinha tempo para ele. Para ouvi-lo. Sílvia ouvia. Suas bravatas, suas vingancinhas. Deu no saco. Falou para Carlito que já estava cheia do secretário de Cultura. Queria mais. Superior. Calma, pequena, o teu nome já corre no meio da galera. Tem gente me ligando. Vai pra casa. Eu ligo. Tu vais ver. Não estamos fazendo bons negócios? Olha só pra ti. Quando chegaste aqui parecias uma coroinha de Igreja. Agora, uma putona bonita, toda gostosa. A minha sorte é que não gosto disso. Nem folgo em serviço. Carlito ligou. Agora era um tal de Antonio Jamelotti. Camelotti? Não, não vai errar, porra, Jamelotti. Chefe da Casa Civil. É um bosta, mas um bosta com poder. Vive coladinho no Gov. Unha e carne. Parece Cosme e Damião. Os inimigos dizem até que tem cu no meio. Ele é gorducho, desses sebentos, suarentos. Só gosta de garotinhas, mas foi o Saulo que falou de ti pra ele. Olha, se eles não contarem não tem graça. Isso tu já sabes. Está doidinho pra te comer. Parada alta. Carne nova no pedaço. Ele é metido a saber de tudo. Faz ele gemer, querida. Vou te dar uma dica. Faz fio terra nele. Fio terra? Mete o dedo no cu dele que, dizem, ele rebola. No cu? Tem quem goste. Essa tu não sabias. O Saulo não pediu? Não. O Jamelotti gosta. Não sei se vai pedir. Quando estiver trepando, vai assim aproximando a mão. Se ele deixar, mete o dedo. Pode contar ponto. Lá no Doca Boulevard? Não. Ele é mais discreto. No Shopping Castanheira, porque tem muito movimento e ninguém vai reparar. Lá no Castanheira? Ele vai sair da Augusto Montenegro. Facilita. Combinado? Não te esquece de trazer a minha parte. E me contar tudo, querida.

Era terça-feira. Os dois, atrás. O motorista, na frente. Jamelotti ia no seu próprio carro. Pegaram a BR-316. Perto de Marituba, estrada asfaltada. Mandei asfaltar pra facilitar a chegada aqui. Se um dia me candidato, esses merdas vão ter obrigação de votar em mim. Como é teu nome, mesmo? Sílvia. Tu sabes que o pessoal anda falando em ti. É? Tu és bonita pra caralho, mesmo. Levanta mais esse vestido. Deixa eu ver as tuas coxas. Gostosa!

Era uma casa de campo. O motora ficou esperando lá fora. Quarto grande, cama larga, fotos familiares nas paredes e no criado--mudo. Ele tirou a roupa primeiro. Suarento. Gordo. Balofo. A barriga descia sobre o baixo-ventre, escondendo o pênis. Ele mesmo veio tirar seu vestido, já ofegante. Fez todo o número. Mostrou-se excitada. Disse que ele era sexy, gostoso de apertar. Ele deitou de costas e pediu para ela ir por cima. Lutou para despertar seu documento, mas conseguiu. Era pequeno. Havia muita banha. Nojo. No meio do ato ele pediu para dar um tempo. Levantou-se, acendeu um cigarro. Estava ofegante. Voltou. Ela precisou chupar novamente. Agora deitou-se sobre ela, quase sufocando. Ela foi aproximando a mão. Sim, ele deixou. Meteu o dedo. Pronto. Ele revirou os olhos e gozou feito um animal, chamando palavrões, dando-lhe tapas, apertando seu pescoço, deixando algumas marcas. Saiu de dentro dela, sentou-se à beira da cama, ofegante. Acendeu o cigarro. Maravilhoso. Gostosa. Do caralho. Puta que pariu. Jamelotti, vai te foder. Tu fode bem pra caralho, não? Uma delícia. Me desculpe. Me desculpe, por quê? Eu gozei. Gozei muito. O senhor sabe que as putas estão aqui para fazer gozar. Mas eu gozei. Desculpe. Mas é que o senhor é muito gostoso. Não tem que pedir desculpa de nada, menina. Tu és ótima. Ai, que delícia. Escuta, aquele lance de... bem, o dedo lá... no... bem, aquilo fica só entre nós, está bem? Posso contar com sua discrição? Olha que sou bem generoso... Conte comigo. Já disse, eu gozei. O dinheiro está ali, separado. Vou te ligar de novo. Quero repeteco. Adorei. Deixa ver, humm, na quinta, está bem? Ligue para o Carlito e marque. Por mim está ótimo. Também gostei do senhor. Ah, não estraga, tira essa coisa de senhor... Pra você eu sou o Tony, certo? Certo, Tony.

Jamelotti ligou para marcar na quinta, e daí em diante, duas vezes por semana, estava naquele sítio. Carlito disse que Jamelotti pagava pela exclusividade. Sílvia seria somente dele. Só dele. O que é que tu tens nessa xoxota que esses babacas estão doidinhos, hem? Imagina que até o Souzinha, o secretário de Agricultura, me ligou por tua causa. Eu disse que tinha uma exclusividade rolando. Da Casa Civil. Ele se conformou. Pra eles, mais importante é a política, troca de favores.

Dois meses depois, o governo itinerante de Wlamir Turvel iria passar em Santarém. Jamelotti ligou e pediu para viajar com ele. Sabe como é, longe de casa, depois de um dia cansativo, ter uma mulherzinha esperando... Tá. A possibilidade de encontrar Turvel surgiu. Precisaria ter muito cuidado. Seu grande momento estava chegando. Viajou em avião de carreira. Foi direto para uma suíte. Passou o dia entediada, assistindo TV e pensando no que faria. Ele chegou de noitinha. Haveria uma recepção. Ela pediu para ir. Queria ver gente. Se confundiria com as outras pessoas. Ninguém saberia. Jamelotti era ciumento. Não a queria conversando com ninguém. Estava pagando, tinha esse direito. Ela baixou os olhos. Ele se desculpou pela grosseria. Você sabe que eu não te trato como uma prostituta. Sabe, há muito tempo que não sentia tanto carinho por alguém como você. Eu sei, eu sei, não sou idiota, estamos fazendo um negócio. Mas também sou de carne e osso, carente, estressado do trabalho. Você me faz feliz. Me ouve. Talvez faça isso apenas profissionalmente, mas se faz, faz bem. Não faço apenas por ser profissional. Também gosto de ti, Tony. Me afeiçoei. Não alimento falsas esperanças porque sou uma garota de programas, mas como tem a exclusividade, me afeiçoei. Escuta, minha querida, quando nós subirmos de volta a este quarto, vamos conversar a respeito de nós dois, está bem? Trouxe roupa? Por favor, nada muito decotado ou saia curta, costas nuas. Primeiro, porque eu vou ficar maluco de ciúmes. Depois, porque é uma recepção oficial e tal. Vou tomar um banho e ajudar o Gov. A gente se vê lá na recepção. Ficara o tempo todo deitada na cama, só de calcinha, mexendo, entediada, no controle remoto. Levantou-se, deu-lhe um beijo. Ele tocou seus seios. Depois, depois... Entrou no banho. Ela pôde sorrir, satisfeita. Podia ser o momento. Controlou a ansiedade. Esperou-o sair e foi se preparar.

Quando Sílvia entrou naquele recinto, não houve quem não a despisse, com os olhos. Havia poucas mulheres, quase todas mais velhas, meia-idade, esposas de políticos locais. Parecendo encabulada, foi passando de um lado a outro, mas seus olhos encontraram os olhos de Wlamir Turvel. Em uma roda, ele não deixou de falar para ouvidos atentos, mas seus olhos a acompanharam, fixos. Ela soube que o havia fisgado. Agora era uma questão de tempo. Pegou uma taça de champanhe que passava. Ficou em um canto, ao mesmo tempo assistindo à movimentação e sendo assistida por todos aqueles homens. Estava com os cabelos presos, bem maquiada, um vestido negro que realçava os seios, soltos, e as costas nuas, absolutamente nuas. Via Turvel se encaminhando em sua direção, mas de maneira tortuosa, parando de roda em roda, rindo de piadas sem graça, contando causos, atendendo pedidos ao pé do ouvido, guardando papéis nos bolsos, tendo ao lado um Jamelotti, que ela sabia, vermelho não de calor, mas de ciúmes. Pararam em um canto. Deviam estar tramando algo político.

Quem é aquela mulher? Wlamir, aquela mulher é a minha mulher. A garota com quem eu venho saindo há uns tempos. Por favor. Pensa que eu não vi os teus olhos? Também, me desculpa, mas ela é bonita pra caralho. Onde tu arrumaste isso? É aquela que o Saulo falou naquele dia. O Saulo? O Omisso? Sim, o Omisso. Jamelotti, eu quero ela. Wlamir, por favor, isso não. Eu quero ela. Não, Wlamir, essa não. Eu gosto dela. Não faz isso. Eu te compro ela. Compra? Imagina... Não queres que eu nomeie aquele teu cupincha, lá da secretaria da Fazenda? Eu sei, queres ganhar uma pontona. Eu sei, tu sabes disso. Porra, Wlamir, assim não vale. Wlamir, eu não sei. Eu gosto dela. Gostas mais de dinheiro, de poder, ou de uma garota de programa? Porra, Wlamir, tu é foda, cara. Vai te foder. Porra, assim vai ser foda. Quer ou não quer? Eu compro. Tu vendes? Tá foda. Tá bom, porra. Puta que pariu. Dá uma folga, porra. Égua de ti. Pede todos os filmes dos fotógrafos. Não quero nenhuma foto dela. Nenhuma notícia, nada. Vou lá.

Foi preciso muito autocontrole para manter a respiração e responder, meio ingênua, ao cumprimento de Wlamir Turvel. O objetivo de uma vida inteira, estava ali, à sua frente, totalmente interessado. Como vai? Está se divertindo? Bastante quente aqui em Santarém, não é? Jamelotti me disse que você é sua convidada. Quero lhe agradecer por ter vindo conosco. Jamelotti é meu grande amigo. Minha pessoa mais próxima. Eu lhe pedi uma coisa que somente os grandes amigos podem conceder. Pedi para deixar você ficar comigo hoje à noite. Assim como ele, eu também às vezes preciso de um outro tipo de companhia, feminina, inteligente, outro tipo de conversa. É o dia inteiro fazendo

política, negócios e a gente pode até embrutecer. E a última coisa que eu quero é embrutecer. Você me faria companhia? Pois não, senhor governador, mas o senhor parece estar cercado de amigos. Amigos? Se eles pudessem, me cortavam a cabeça. É assim o mundo da política. Mas eu vou precisar retornar a eles, realmente. Poderíamos conversar mais tarde, em minha suíte? Vou mandar chamá-la. Por favor, continue conosco. Você é muito bonita. Sua presença é encantadora. Não posso! Não posso fazer nada! Jamelotti estava feito um pimentão, vermelho, ofegante, suarento, no quarto, enquanto Sílvia fazia as malas. Tony, eu não quero ir, Tony. Quero ficar contigo. Eu também! Eu tinha planos para nós dois, mas não posso fazer nada. Ele é o chefe. É o governador. Quando ele manda, eu obedeço. Obedece sempre? Nunca vai desobedecer? Você não entende. Não é simples. Envolve muitas outras coisas. Eu não quero ir, Tony. Meu bem, vamos fazer o seguinte. Seja chata com ele. Faça mal. Ai, meu Deus, como dói dizer isso. Faça mal. Faça com que ele não goste. Aí, talvez, você volte pra mim. Só me resta pedir isso. Não seja você, como se fosse possível. Ela chorou. Queria rir daquele gordo humilhado, mas certamente a trocando por alguma compensação. Agora sim, estavam se enganando mutuamente. Vieram buscá-la. Entrou naquela suíte espaçosa, na penumbra. Ao fundo, sentado, olhando pela janela, pensativo, fumando mais um dos quase oitenta cigarros diários, Wlamir Turvel a aguardava, cheio de amor para dar.
Senhor governador... Pssssiu. Essa palavra, senhor, fica feia na sua boca. É você quem tem de ser chamada de senhora. Como uma rainha. Me chame de Wlamir. É mais doce. Mais melodioso de ouvir. Eu estava pensando, aqui no escurinho, como a beleza da mulher está acima de qualquer assunto do nosso mundo de política e negócios. Muita gente não acha. Eu acho. Estávamos ali, fechando acordos firmados durante o dia em duras negociações e, de repente, um anjo entra naquele ambiente. Impressionante como tudo se suavizou, você foi deslizando sobre nuvens, todos

olhando fixo, acho que alguém até tentou fazer uma piada, mas eu não deixei. A caminhada de uma rainha. É preciso respeitar. E, agora, você está aqui. Minha cara... Sílvia, seu nome é Silvia, me disseram. Você já ouviu falar na solidão do poder? Você passa o dia inteiro recebendo atenções e, no final do dia, está solitário, no quarto de um hotel, entregue a seus pensamentos. Que bom que você chegou. Toma alguma coisa? Olha, você devia ser proibida de andar por aí de saias... e de calça comprida... proibida de andar. Você é muito bonita. Na rua, pode causar acidentes. Não é daqui do Pará? Sou. De Ananindeua. De Ananindeua? É, meus pais chegaram há muito tempo de Goiás... Ah, goianos, é pelo tipo físico, a cor dos olhos, da pele. Mas sou paraense legítima. Uma beleza de paraense, querida. O que você faz? Estudo assistência social, na UFPA. Muito bem. Vai se formar? Não tenho tido muito tempo... Eu compreendo. Olhando para você, eu compreendo. Vamos para o quarto? Podemos conversar mais à vontade, na cama. Já está tarde e viajamos muito cedo. O senhor fuma sempre, tanto, assim? Fumo. É meu vício. Às vezes penso que já nasci com um cigarro na mão. Mas eu tenho fôlego, acredite. Ou, melhor, você vai ver. Aquele homem, sem roupas, perdia toda a imponência. Tinha as costas curvadas. Ausência de bunda. Estrias. Carne sobrando, caindo. O cheiro de cigarro estava impregnado em tudo. Precisaria controlar o nojo. Não. Precisaria, agora, naquele instante, conquistá-lo. Vencer sua desconfiança. Ultrapassar seus sinais de alarme. Estava usando sua arma mais letal. Quando ele se voltou, ela já estava nua, deslumbrante, braços abertos. Sou toda sua. Venha. Esmerou-se. Fez amor com todo seu corpo. Entregou-se. Simulou orgasmos, revirou os olhos. Ele a chupou brutalmente nos seios, ânus e vagina. Mas não chegava à ereção. Tentou novamente. Acendeu um cigarro. Cabeça cheia de problemas. Ela esperou ele apagar. Chupou-o, com paixão. Aquele pênis pequeno, representava tudo. Era a possibilidade de sucesso, e ela o arrancaria com a boca. O orgasmo dele veio forte, em jatos, gemidos quase roncos, como

quem põe para fora todos os problemas e as tensões do dia. Engoliu tudo. Olhou para ele, a boca ainda cheia de esperma e sorriu, orgulhosa. Obrigado. Me espera um instante. Foi ao banheiro, lavou a boca e retornou. Ao seu lado. Fazendo carinho. Dizendo como ele era gostoso, bonito, poderoso. E, aos poucos, lambendo seu peito, seu braço, novamente o pênis, primeiro com leveza, pura técnica, ele dizendo que talvez não conseguisse a segunda, não era mais criança, andava trabalhando, quem sabe o cigarro, estava duro, novamente, e ele estava deliciado consigo próprio. Foi por cima. Ele a comia e a admirava. Como é linda! Deusa! Olha esses seios. Olha essa bunda. Linda! Vamos gozar juntos? Eu fico esperando você, tá? Gozaram juntos. Outro cigarro. De que planeta você veio? Esse sacana do Jamelotti, sem contar nada pra ninguém. Menina, você é um tufão. Há muitos anos, bota tempo nisso, ninguém me fazia tão feliz na cama. Linda! Fica em pé. Assim. Não, não fica encabulada. Para com isso. Quer dizer que há minutos você estava fazendo de tudo e, agora, na minha frente, se comporta como uma menininha encabulada? Olha que linda! Por favor, não se vista. Fique nua. Por favor. É a paisagem mais linda que já vi. Um momento. Chamou o oficial pelo telefone e explicou que o avião, no dia seguinte, era somente dele e uma outra pessoa. Todos os outros secretários que viajassem em outra aeronave. Escuta, se... Wlamir, eu volto agora lá pro seu Jamelotti, não é? Volta? Nunquinha. Hoje você fica aqui, comigo. Amanhã viajamos cedo para Belém. Você vai no meu avião. Tá bom, assim? Mas, e o seu Ja... Já falei com ele. Pronto. A menos que você queira voltar... Eu vou ficar triste, mas... Não. Eu não quero voltar.
Voltaram somente os dois no avião. Ele tentou dormir, mas ela fez seu número, beijando-o e, discretamente, desabotoando sua braguilha, manuseando seu pênis. Menina, já não sou mais criança... Como é linda. Desabotoe a camisa, por favor. Deixa eu ver, mais uma vez, os seios... que lindos. No desembarque, ele pediu o celular de um dos motoristas dos dois carros oficiais que estavam

no aeroporto e lhe deu. Vou te ligar. Fica com ele. Voltou de carro oficial. Pediu para ser deixada no Doca Boulevard. Voltou para casa. Jogou fora o celular de Carlito. Fez a aposta. Agora era esperar o telefonema. As cartas estavam na mesa.

Medo. Fica frio. Está acabando. O Silva chegou perto, ontem. Um apartamento ali no Marco. Ela tinha saído. A amiga também, que é a dona do apê. Tem uns homens lá de campana. É só ela chegar e pronto. O Antonio José me ligou. Eu não me lembrava que ela tinha um irmão. O mesmo nome do pai. Alfredo. Chamam Fred. Morava nos Estados Unidos. Enterrou a família. O delegado encarregado do inquérito falou com ele. Gláucio Lima. O cara tá limpo, não sabe de nada, não compreende. Está lá no centro. No Hotel Central, na Presidente Vargas. Já mandei. Deixa comigo.

Tu não entendes, Jamelotti? Isso pode ser o nosso fim. A oportunidade que todos aqueles filhos-da-puta estavam esperando pra nos pegar. E como é que eu faço com a reeleição? E se perder o mandato? Aquele procuradorzinho de merda, lá de Brasília, vai cair em cima da gente, matando. Some com esse cara, também. E puta que pariu, acha essa mulher. Se ela vai para a imprensa é o nosso fim. De repente algum desses merdas vai querer aparecer, dar um grande furo e estamos fodidos. Liga pros donos das emissoras. Alerta que pode rolar uma mentira, um boato, sei lá. Não, não faz isso. Pode ser pior. Puta que pariu. Filha da puta. Eu mato essa mulher. Mas liquida logo esse Pastri que sobrou. Já cancelei tudo, hoje. Estou de prontidão. Vou mandar a Cilene viajar. Pra longe. O mais longe possível. Ela vai levar os códigos das contas. Me liga qualquer coisa.

Cilene? Volta agora mesmo. Depois eu explico. Precisas viajar. Pra longe, não sei. Vou pensar. Vou mandar fazer as tuas malas. Quando chegares na residência, é só pra trocar de roupa. Vou estar lá. Não estou despachando. Está acontecendo uma coisa grave. É, porra, grave, caralho, não me estressa que eu estou atacado. Grave pra caralho. Não gostas da tua vida? De dinheiro? De poder? Então,

caralho, vem embora. Falamos aqui. Vou mandar ver duas passagens. Pode deixar.
Jamelotti? Falei com a Cilene. Manda tirar duas passagens. Suíça. Mas primeiro é tirar ela daqui. O primeiro voo. Por onde for. Pela costa, por Brasília, direto para o Suriname, sei lá. Te vira. Ela está voltando. Quero entregar as passagens lá na residência. Te vira. Alguma notícia? Merda.
Wlamir Turvel estava com medo. Aos poucos, percebia a dimensão do problema que enfrentava. Sabia que Sílvia teria medo de entregar tudo à Justiça. Ele tinha o controle de tudo. Até a Polícia Federal. Pagava bem para ter esse controle. Mas a imprensa era uma incógnita. Também estava controlada em troca de muita propaganda. De vez em quando, próximo das datas de renovação, havia matérias provocadoras. Um joguinho. Ele sabia. Mas, de repente, com essa onda idiota de decência varrendo o país, podia haver algum engraçadinho querendo a glória de derrubá-lo. Atingi-lo. E se fosse um editorzinho desses novos, que acabaram de se formar. Pega as denúncias, joga na primeira página, o chefe não vê, e merda no ventilador. Puta que pariu. Que tensão. Agora acendia um cigarro no outro. Não tinha coragem de matá-la pessoalmente. Será que estava apaixonado por ela? Justamente ela? Que o enganou? Que o traiu? Que agora o chantageava? Mas a queria morta. Era uma necessidade vital. Ou ela ou eu. Eu. Como foi tolo. Ela o pegou de jeito. O celular tocou. Viu no visor. Era ela. Tremeu. Não atendeu. Não teve coragem. Falar com ela seria pior. Não atendeu. Deixou no silencioso.
Jamelotti? Ela está me ligando, a filha da puta. Não atendi. Deixa ela ligar pra pedir penico. É tarde. Jamelotti, precisa pegar os papéis originais com ela. Não esquece. Ela te ligou?
Ligou pra ameaçar. Vai convocar uma coletiva de imprensa. Tentei amansar. Perguntei quanto queria pra deixar isso de lado. Ofereci segurança, viagem, ela não aceitou. Mas ela se fodeu. O Antonio José ligou. Um x-9 deu a dica. Ela se hospedou

no Hilton Hotel. Pensa que lá está em segurança. Que nós não vamos entrar. Agora é questão de minutos. O irmão dela ainda não acharam. O Antonio José mandou o tal delegado, mas junto foi outro, de confiança. Esse tal de Gláucio é metido a sério. Direitinho. Vamos esperar. Me liga. Isso é um alívio. Olha, manda quebrar a cara dela. Manda foder ela. Queimar todinha de cigarro. Queima aquela xoxota dela. Mete no cu. Quero que ela sofra. Filha da puta. É o Silva que vai lá? Tá bom. Me liga. Wlamir suspirou, aliviado. Estava chegando ao fim aquele sofrimento. Quer saber? Não. Só vai chegar ao fim quando estiver certo de estar com todos os papéis originais.

Jamelotti, o Silva tem que pegar aqueles papéis. É vida ou morte, tu sabes. Me liga. Essa merda tem que acabar antes da convenção. Como é que nós vamos lançar meu nome no meio dessa cagada? Tchau.

Quer saber, eu não vou fugir. Não vou me entregar, também. Ficar exposto à sanha daqueles idiotas certinhos, honestos e tal. Velhos inimigos. Muita gente querendo acertar as contas. Todos agora com o rabinho entre as pernas, mas basta uma possibilidade e eles cravam os dentes. Eu não vou fugir. Se der merda vou pra Castanhal. Pra Serraria. Fico lá uns tempos. Caralho, eu sou o governador do Estado!

Fred e Pat. Pat devia ter chegado. Acordou em sobressalto. E se viessem atrás dele. Aquele investigador e o jornalista sabiam onde estava. Precisava sair imediatamente. Se fosse até Pat, ficaria tolhido. Mas, em sua companhia, estaria seguro. Covarde, pensou. A imprensa estaria com ela. Faria a denúncia. Mas como, se não tinha provas? Vestiu-se, pegou o *notebook* e desceu. A Presidente Vargas ainda estava escura. A Deli Cidade, em frente, estava aberta. Entrou para comer algo. Sentiu aquela mão nas costas, quando estava no balcão. Virou-se, assustado, frio na barriga. Era o jornalista. Te assustei? Eu não sei de nada. Por favor, já

chega o que aconteceu à minha família. Mas eu sei. Sei de tudo. Você precisa saber. Claro, se não quiser, não conto nada. Saber o quê? Olha, é muito mais sério do que você possa imaginar. Seria melhor voltar lá para o hotel. No seu quarto. Vamos? Antes de atravessar a rua, Urubu parou. Tem gente te esperando. Estás vendo ali na porta aquele cara? Eu sei quem é. Trabalha direto com o chefe de polícia, o Antonio José. Mas eu falei ontem com o delegado Gláucio Lima. Melhor não ir. Eles são fiéis ao governador. Tu estás entendendo o que eu estou falando, não é? Tens algum outro lugar? Estava indo ao Hilton. Minha namorada chegou. Pat Harrison, a cantora de rock? Aqui em Belém? É. Veio de surpresa. Não sou muito de rock, mas sei quem é. É muito famosa. Acha melhor assim? Acho. Vamos.
Àquela hora da manhã, o *lobby* do Hilton tinha movimento apenas de pilotos e comissárias embarcando. Vai direto no balcão. Urubu ficou embaixo. Fred subiu. Martha abriu a porta, cara inchada de sono. Pat dormindo no sofá. Beijou seu rosto. Despertou. Abraçaram-se e beijaram-se intensamente.
Você não devia ter vindo. Agora vim. Agora estou aqui, na sua terra, Amazônia, Brasil. O nome da cidade é Belém. Por que você saiu escondido? Não gosta mais de mim? Deixou tudo para trás. Disse no e-mail que tinha coisas para resolver. Que coisas? Por que talvez não voltasse? Quero saber. Eu te amo, Fred. O que é que você não pode dividir comigo?
É muito pior do que você pode pensar. É perigoso. Muito perigoso. Perigo de morte, entende? Você é muito famosa, tem muito a perder para estar aqui. Melhor voltar.
Não se esqueça de que eu também lutei muito pra chegar onde cheguei. Me conta, vai. Vamos resolver juntos. Conta comigo.
Mataram minha família inteira. Assassinaram. Meu pai, minha mãe, as gêmeas e Dondinha. Isabela escapou. Mas está escondida. Não sei onde. Estava procurando. É uma história antiga. Vou contar e depois você vai perceber que precisa voltar. Sair daqui. Eu resolvo tudo e volto, prometo. Tem um cara lá embaixo me

esperando. É um jornalista. Ele disse que tem todas as explicações. É que nós fomos no meu hotel, aqui perto, e a polícia estava lá. Nem pensar. Ele disse, e eu concordo, que todo o mundo aqui trabalha para o governador. Sim, o governador do Estado. Foi ele quem mandou matar minha família. Sim, o governador. Eu disse que era história antiga. Em outra cidade, Castanhal. Meu pai tinha uma serraria. Esse cara, Wlamir Turvel, sim, Turvel, fazia negócios escusos. Ele tomou a serraria, agrediu meu pai, estuprou minha mãe e nos fez fugir para cá. Crueldade. Pura crueldade. Ambição. Roubo. Meu pai ficou inválido por causa de um chute na coluna. Lesão raquimedular. Eu e Isabela decidimos nos vingar. Mas aí eu acabei em Nova York, te encontrando. Domingo à noite, já madrugada de segunda, você estava dormindo, eu fui ler meus e-mails. Isabela mandou dizer que o governador matara toda a família. Que precisava de ajuda. O que você queria que eu fizesse? Eu lá, com você, vivendo uma vida tranquila, confortável, e aqui minha família assassinada, minha irmã, perseguida. Esse governador é o chefe de uma grande quadrilha. É traficante de drogas, faz negócios ilegais com madeira, chantagem, tudo o que você possa imaginar. Viu? Agora se dá conta do perigo? E o que você, Pat Harrison, uma cantora de sucesso, faz aqui em Belém do Pará? Quer acabar sua carreira? Você precisa voltar. O quanto antes. Agora você sabe por que eu silenciava tanto sobre Belém. Sobre minha família.

Pat, é melhor a gente voltar. A gravadora não vai entender nada. Isso pode ser ruim pra sua carreira. Você vale muito dinheiro. É a sua vida. Deixa que o Fred resolve os problemas dele e volta depois. A gente manda buscá-lo. Aproveita que o avião está aí. Voltamos agora e depois o Fred vai.

Não. Eu vou ficar. Martha, eu sei que você se preocupa comigo. Fred, também. Mas eu vou ficar. Eu não posso te perder. Vou ficar. Vamos aproveitar a imprensa internacional que está chegando. Martha, liga pra saber quando vão chegar. Vamos aproveitar para denunciar. Não é isso o que você queria fazer? Denunciando, você pode dar imunidade pra sua irmã. Eles não vão ter coragem. Ela aparece. Saímos no jornal. Ela nos procura. Vamos todos para Nova York. Não era isso o que você queria? É perigoso. Pat, pela última vez, volte pra Nova York.

Segunda-dama. Rapidamente, Sílvia passou a ser chamada, informalmente, "segunda-dama". Ela acompanhava Turvel em suas viagens pelo interior. Privava da intimidade do governador e das reuniões com sua equipe. Para estranhos, era apenas uma bela e perturbadora assessora. Em alguns finais de semana, estava com ele na casa da serraria, em Castanhal. Ela sabia muito bem onde estava. Não ia ao trapiche. Dizia que não gostava. Que lhe lembrava os tempos de pobreza em Ananindeua. Aos poucos, aquele homem seco, que parecia se interessar somente por negócios, dinheiro, foi abrindo sua alma. Era carinhoso, educado, gentil. Ela fazia suas vontades. Estava disponível, exclusiva, quando ele quisesse. Logo, além das viagens, era chamada durante o dia, no Palácio dos Despachos. Na hora do almoço. Um carro com vidros escuros a deixava em uma entrada estratégica. Lá fora, luz vermelha, dizia que o governador estava recebendo alguém importante e não podia ser perturbado. Às vezes falava de política. De sua reeleição. Ainda precisaria um tempo no comando do Estado, antes de ir para Brasília. Conhece o Rio de Janeiro? Não? Vamos amanhã. Mando te buscar.
No Rio. Deu-lhe um maço de notas. Vai dar uma volta no shopping. Tenho coisas a resolver. Nos encontramos mais tarde. Quer ir ao teatro? Está bem. Você escolhe.
Pediu ao motorista que aguardasse no estacionamento. Entrou por uma porta, saiu por outra. Chamou um táxi. Foi passear na praia. Pela primeira vez em algum tempo, sentiu-se livre para ser Isabela, em um lugar onde ninguém a conhecia. Muitas gostariam de estar em seu lugar. Dinheiro na bolsa, motorista particular, jatinho, Rio de Janeiro. Vida confusa. Às vezes no sentimento. Ninguém finge o tempo todo.

Mas quando via o pai, lembrava de tudo e se revigorava na vingança. E estava próxima, muito próxima. Aquela viagem não era apenas para estar juntos, para ela conhecer o Rio de Janeiro. Foi para acertar detalhes com a conexão colombiana e os traficantes cariocas. Ela o ouviu ao telefone, falando em código, quando se vestia após terem transado. Viu a pasta que ele manuseava. Estava tudo ali. Agora, um pouco de sorte e fecharia o ciclo. Quase totalmente. Ainda não conseguira montar a última armadilha. Vinha tentando. O resultado do último exame ela pegaria quando voltasse. Confiante, ele deixava por sua conta a limpeza do sofá largo em que faziam sexo. E também a camisinha que ela, cuidadosamente, retirava, amarrava, fechando a abertura, e colocava na bolsa. Antes, furava com uma agulha. Ele não tinha filhos. Era seu sonho secreto. Não com ela, claro. Um filho da puta, pensou. Mas era exatamente isso parte do plano. Engravidar. Chantagear. E quando estivesse quase para parir, matar o próprio filho. Sim, isso mesmo. Doloroso? Criminoso? Chocante? Indesculpável? Sim. Isso mesmo. Voltou ao shopping. Comprou alguma coisa. O motorista dormia. Bateu no vidro. Voltaram. Saiu do banho. Turvel e Jamelotti no quarto. Conversavam baixo. Jamelotti a olhou. Turvel a autorizou com o olhar. Ficou se penteando. Era um carregamento. Um avião aterrissaria na pista clandestina de Castanhal. Uma parte iria para o Rio de Janeiro, outra seria embarcada pelo Suriname. Jamelotti ia saindo. Ela sabia como ele a olhava. Covarde. Preferiu o dinheiro a ela. Nojo. Como uma mercadoria. Saber que tudo ali fazia parte de um plano a fez sorrir. Querida, pode tirar a roupa para mim? Mimi... Por favor... É a única coisa que te peço. Que fique nua, o tempo todo, para que eu possa contemplar a verdadeira beleza que eu tenho, só para mim. Isso te deixa feliz? Feliz? Muito. Mais do que tudo. Ah, querida, isso mesmo, que linda, que linda!
Ouvira falar em Orlando Urubu pela primeira vez um dia, no Palácio. Ele havia estado lá, pedindo, mais uma vez, sem sucesso, uma entrevista. Mimi estava aborrecido. Muito. Disse que só

de falar o nome do jornalista lhe dava brotoejas. Raiva. Babaca. Ainda acredita em jornalismo investigativo. Por isso é pobre e fodido. Só queria saber quem financiava o tal Jornal do Urubu, como dizia, pra mandar a fiscalização em cima e acabar. Jornalista bom é jornalista comprado. Aprenda isso, minha querida. São todos perigosos. Gostam de dinheiro. Chantagistas. Agora que vem a reeleição, ele quer fazer essas entrevistas traiçoeiras. Desculpe, estou aborrecido, querida. Ai, Mimi, deixa pra lá. Você já tem tantas preocupações. Um Estado inteiro para tomar conta! Devia deixar de ser tão paizão e ver como esse teu pessoal se vira. Devia descansar um pouco, querido. Depois, eu quero o meu Mimi sempre potente, poderoso, assim, assim, viu como comigo não tem essa história de aborrecimento? Pelo menos ele, o Mimizinho está bem contente comigo. Naquela tarde, Wlamir foi mais rápido que o normal. Quando foi ao banheiro, se despediu dizendo que precisava resolver umas coisas na sala de Jamelotti. Sílvia teve o momento que esperava. Tirou a máquina da bolsa e, com sangue-frio, fotografou a mesa de Turvel. Remexeu papéis. Pegou a pasta, a famosa pasta com recibos, documentos, rotas de tráfico, tudo. Finalmente podia executar seu plano. Tudo estava se ajustando. O exame dera positivo. Estava grávida. Revelou as fotos. Tirou cópias. Alugou um táxi. Foi a Castanhal procurar Netinho. Era a única pessoa em quem podia confiar. Foi à casa dele. Abraçou a mãe, que não a reconheceu a princípio, mas informou que ele estava na Ok Pneus. Quando o viu, toda sua infância retornou e ela não pôde conter as lágrimas quando o abraçou. Era feliz. Brincava com Netinho. Gostava dele. Até pensara. Bem, ainda era criança, mas as mulheres crescem mais rápido. Viu nos olhos que escolhera corretamente. Ele ainda gostava dela. Quem sabe, quando passar isso tudo? O que lhe restaria? Um beijo, e não olhou para trás. Lágrimas. Enxugou. Chegara a hora. Em casa, disse que passaria alguns dias fora. A mãe ficava preocupada, mas não dizia nada. Dondinha olhava estranho. Beijos nas gêmeas. Abraço no pai. Apertado. Bel, por que esse abraço tão apertado? Parece que vai partir pra muito longe.. Minha filha, vais perder os fogos, minha filha! E quem vai comigo e a Dondinha no Recírio? Chegou ao apartamento de Fafá e pediu para ficar uns dias. Não disse nada. Escreveu o bilhete: Wlamir Turvel, vai ser o teu fim. Agora tu vais pagar por todos os teus crimes. Extorsão, contrabando, tráfico, grilagem, assassinato. Tu vais pagar. Tu lembras de um dos teus primeiros crimes, em Castanhal? Lembras da família Pastri? Lembras de um domingo em que foste com teus capangas na serraria, surraste meu pai e o deixaste sem andar, estupraste minha mãe e nos expulsaste de lá? Lembras? Eu me lembro. Eu não sou Sílvia, a tua puta, a tua segunda-dama. Eu sempre fui Isabela Pastri. Me fiz de puta pra me vingar. Agora, vou procurar a imprensa e todo o mundo vai saber quem tu és. Não vou à polícia porque ela é comprada por ti. Vou procurar Orlando Urubu, aquele que te dá brotoeja só de dizer o nome. Ele vai cair em ti como em carniça, meu querido Mimi. Tu também viste o resultado do exame. Estou grávida. Durante muito tempo, eu guardei as tuas camisinhas e meti o teu esperma em mim. Um dia deu certo. Tu não querias tanto um filho? Mas que não fosse filho da puta, não é? Mas como não ser um filho da puta, sendo teu filho? Pois é. Estou grávida e todo o mundo vai saber, principalmente Cilene, de quem tu tens tanto medo. O teu dia chegou, canalha, maldito, e eu fico feliz. Fico feliz por meu sacrifício. Naquele domingo, na serraria, eu jurei que ia me vingar. Chegou teu dia. Isabela Pastri/Sílvia.

Ligou para o Pedro Bomba, motorista que ia sempre apanhá-la e combinou no Doca Boulevard. Pediu para entregar a Turvel. É urgente. Diga que fui eu que entreguei. Não posso fazer pessoalmente. Vai, Pedro, por favor. Faz isso por mim, faz? Um beijo, querido.

O final da sexta e do sábado foram penosos. Ela estranhou o silêncio. Wlamir não ligou. Segurou a vontade de ligar. O domingo estava anoitecendo. Logo seria o show de fogos. Ela nunca tinha perdido um. Seria a primeira vez. Ligou para a mãe. A praça estava lotada. O som era ensurdecedor. Show do Sayonara na concha acústica. Beijos. Aumentava seu nervosismo. Antes da meia-noite, ligou novamente, para tomar a benção. Um costume de quem morara quase a vida inteira ali, ao lado da Basílica. Estava conversando. Ouviu os primeiros fogos. A festa da família. Das gêmeas. Súbito, sua mãe parou de falar. Só ouvia barulho de fogos. Fogos? Tiros? Gritos? Gemidos? Tiros? Gritava ao telefone e ninguém respondia. Os fogos acabaram. Ficou o silêncio. Caiu a ligação. Ligou novamente. Ocupado. O fone fora do gancho. O choro veio forte. Desespero. Fafá, preocupada. Não conseguia falar. Tá bom, eu conto tudo. Vamos lá? Não. Agora não. Pode ser pior. Agora eu vou embora. Pra onde? Não sei. Não devia ter vindo. Te enganei o tempo todo. Agora posso trazer tua desgraça. Vou embora. Não vai. Eu também tenho raiva deles. Agora que eu sei de tudo, mais raiva ainda. Não, mana, fica aqui. Faz o seguinte. Amanhã eu vou até lá saber, tá? Vai ver é um problema de telefone, sei lá, tanta gente por ali, um foguete pegou na caixa de telefone, vai ver não é nada. Fred. Ele precisa saber. Via internet. E-mail. Mano, eles mataram todos. Papai, mamãe, as gêmeas e Dondinha. Volta pra me ajudar. Foi ele, Wlamir Turvel, por causa da nossa vingança. Volta!

Fafá saiu de casa no dia seguinte, muito confusa. Então era uma grande vingança! Quanta coragem! Ah, se Carlito soubesse disso. Nome trocado, tornou-se amante do governador e agora isso. Estava entre a obediência canina a Carlito e a amizade pura que sentia por Sílvia. Não estava acostumada com Isabela. Da rua, tudo parecia bem. A janelona aberta. Foi até o porteiro. Queria subir até o apartamento da família Pastri. Ele tentou o interfone. Ninguém atendeu. Não tem ninguém. Vai ver, saíram. Ou estão dormindo depois da festa de ontem, o Recírio hoje. Desculpe, tenho ordem de não deixar ninguém subir. Não sei de problema nenhum nos telefones. Bom, não tenho telefone aqui. Tente ligar novamente. Esses telefones são todos doidos, mesmo. De repente param de funcionar e voltam. E não adianta reclamar. Quando vem a conta é só aumento. Ligou para Carlito que não atendeu ou estava fora da área. Veado, hoje, feito artista, tem dia de folga. Isabela ligou para Turvel. Não atendia. Filho da puta. Ele está vendo o número no visor do telefone e não atende. Covarde! Ligou várias vezes. Ligou para Jamelotti. Diz pra esse assassino, filho da puta que eu vou foder a vida dele também. Ele matou minha família! Covarde, filho da puta! Traficante! Silvinha, espera aí. Não. Não, Silvinha, assim não adianta. Quem é esse filho da puta que matou quem? Não estou entendendo nada. Minha filha, olha, você está muito alterada, viu? Onde você está? Vamos conversar? Nós sempre fomos amigos, não fomos? Então. Você está muito alterada. Muito nervosa. Não estou entendendo. Que família é essa? A sua? Não conheço. Bem, você nunca falou disso comigo. Ligou e o Gov não atendeu? Bem, você sabe, é um homem ocupado. Você sabe muito bem. Querida, vamos nos encontrar e botar o papo em dia. Aí você me explica tudo isso. Quero lhe garantir que quando o Gov souber, vai mandar esclarecer tudo. Vai botar polícia, tudo o que puder. Sinto muito, realmente é uma desgraça.

Desgraçado, gordo sebento, filho da puta! Tu também sabes de tudo! Tu e ele vão se foder! Vou convocar uma coletiva de imprensa. Ligar pra todos os jornais. Eu garanto! E diz pro teu chefe atender o meu telefonema que é melhor! Silvinha, deixa disso. Pra que tanto barulho. Olha, vamos fazer o seguinte. A gente te dá um dinheirinho, coisa boa, pra você ficar tranquila. Um milhão tá bom? Faz uma viagem, esfria a cabeça. Clique!

A noite chegou e nada. Fafá também não conseguia falar com Carlito. Alguma farra. A bicha está fora de área. Fafá, eu não vou ficar aqui. É muito perigoso pra ti. Eles podem pressionar o Carlito através de alguma pista, e tu sabes que és a minha melhor amiga. Eles vão bater aqui e tu podes sofrer. Tu podes te machucar. Vou para um hotel. Vou para o Hilton. O maior de todos. Vou me esconder à vista de todos. Vou falar com esse Urubu. Quer saber de uma coisa? Seria bom que tu viesses comigo. Agora que eu te meti nisso, não posso te deixar assim. Vamos? Pega qualquer coisa, pouca roupa, é apenas por uns dias. Na recepção, só eu vou dar o nome verdadeiro, tá? É para te proteger. Eu, não, eu quero mesmo é me expor. No quarto, tentou ligar novamente. Agora, nem Jamelotti atendia. A noite chegou, e ela desceu para ir até a Banca do Alvino pegar um jornal do Urubu e ligar. Agora iria até o fim.

Quem? Silva pensou se valia a pena executar pessoalmente o serviço. Devia a Turvel e a Jamelotti sua meteórica ascensão na carreira militar. Era coronel. Chefe da polícia. Mais um pouco, se aposentaria no cargo e estava feito. Abriria sua própria empresa de segurança. Mas entrar no Hilton Hotel e matar uma pessoa era demais. E logo Sílvia, mulher linda, que ele sempre admirara. E se algo desse errado? Não tinha Turvel nem Jamelotti que o ajudassem. Eles diriam outra coisa. Fugiriam. Negariam qualquer ligação. São autoridades, mandam e fazem calar. Se desse errado, sua vida não valeria nada. Tudo estaria acabado. Ele ficaria como criminoso, seria preso, uma humilhação também para a família, os filhos, tão orgulhosos. E, depois, aqueles dois já não estavam com toda a bola. *Los hermanos* estavam preocupados. Ligou para Favacho, velho amigo, a quem recorria de vez em quando para trabalhos muito pessoais. Esse, nem o pessoal do Gov conhecia. É importante, cara. Coisa pessoal, sabe? Mas se der merda nunca te vi mais gordo, tá? Quanto é? Tá. Eu pago. Viste? Nem discuti. É importante mesmo. O nome é Isabela Pastri. Ela está no 702. Nós temos um x-9 lá, o Silveirinha, que trabalha como garçom. Ele vai te esperar na garagem, ali pelo lado do Olímpia. Vai te dar a chave e te fazer passar sem ninguém ver. Vai te esperar. Serviço grosso. Machuca. Bate. Não quero barulho, mas arrebenta mesmo. Vai pesado na xoxota, queima e corta os peitos. Quero que pareça passional. E o mais importante. Tem uns papéis. Estão com ela. Se não estiver lá por cima, procura na bolsa, no armário, enfim, pega esses papéis. São documentos e uns exames. Não discute. Pega e me traz. Eu vou te esperar ali na praça da Trindade. Vamos lá? Vou ligar pro Silveirinha. É um moreninho, vestido de garçom. Ele vai estar esperando. Favacho foi pela escada. Esperou alguns segundos dois gringos que aguardavam o elevador. Eles desceram. Ele foi ao 702. Abriu a porta e deparou com uma mulher bonita, de calcinha e camiseta. Ela se assustou, tentou correr, mas ele a manietou. Deu um murro bem forte e ela desabou na cama, o nariz espirrando sangue. Eu não sou! Eu não sou! Mais três socos fortes nos seios e no estômago. Onde está a pasta? Onde estão os documentos. Eu. Soco. Por f... Soco. Ali. Olhou. Sim. Soco no meio da cara. Desmaiou. Botou o travesseiro na cara. Um, dois, três, quatro, cinco tiros para desfigurar. Pegou a faca. Protegeu-se com o lençol. Cortou o bico dos seios. Deu um talho vertical no estômago. Outro talho bem profundo. Enfiou a faca na vagina e girou. Forte. Mais uma vez. Para confirmar, deu um talho no pescoço. Pegou os documentos. Limpou as luvas na toalha do banheiro. O rosto para tirar o suor. Respirou fundo. Saiu do quarto. Silveirinha aguardava na escada. Silva aguardava na praça da Trindade. Feito. Do jeito que eu pedi. Sim. Exatamente. Mulher bonita, hem? É. Mas agora já era. Andou se metendo onde não devia.Tá aqui uma parte do dinheiro. Amanhã de manhã te mando o resto. Com a gente não tem problema, tu sabes. Nós dois. Eu e tu. Tá certo. Obrigado. Tchau. Doutor? É o Silva. Está feito. Estão comigo. Estou levando. Silva, é confirmado? Do jeito que eu pedi? Tá. Valeu. Você é dos nossos. Wlamir? Está feito. Pode respirar. Do jeito que você pediu. O Silva. Está me trazendo tudo. Na mesma hora. Te passo. Vai continuar tudo normalmente, graças a Deus. Amanhã, então, convenção e candidatura? Tá, meu rei. O senhor manda.

Urubu. Entrou naquela suíte com o envelope. À sua frente, uma bela americana e Fred o esperavam. Havia também outra mulher, tipo secretaria, que lhe abriu a porta. Fred fez as apresentações e disse que traduziria tudo.

Primeiro, é necessário que explique quem sou e o que faço aqui. Meu nome é Orlando Saraiva. O apelido Urubu foi dado por inimigos. Sou jornalista da área policial e política. Ao longo dos anos, já estive em todos os jornais e saí por falta de independência. A gente descobre os fatos, mas não pode publicar porque o dono é pressionado pelos culpados. Por isso, passei a publicar meu próprio jornal. Amigos pagam a impressão, desde que seus nomes não sejam revelados. Eles também têm medo. Eu compreendo. Já recebi todo tipo de proposta financeira para me calar e não aceitei. Enfrento diversos processos na Justiça e vou ganhando, um por um. Não devo nada a ninguém. Bem, tenho um ponto fraco. Sou casado, não de papel passado, com uma mulher, Eduína, que mantém um bordel, uma casa de encontros. Se ela também não soubesse se defender, tendo clientes tão importantes que preferem não se complicar, correria perigo. Eu sei que a atividade dela é ilícita, mas já a conheci assim e passei a lidar com isso. Não moramos na mesma casa. Cada um na sua. É isso. O que vou revelar a vocês é muito sério. O Fred deve saber parte da história, não toda. Isso pode causar uma verdadeira revolução na política daqui. A senhora aí não deve entender muito, mas o Fred explica. Me desculpe, sei que é famosa porque sou jornalista, mas não conheço seu trabalho. Particularmente, gosto mais de música brasileira, mas me disponho, passando tudo isto, a ouvir com toda a atenção. Gostaria de dizer que, pessoalmente, não sei se a senhora deveria correr esse risco, com esse material aqui.

Orlando, Pat sabe de tudo. Eu a avisei. Ela, pelo contrário, quer participar. Vai usar sua influência, da vinda de parte da imprensa internacional, mesmo que especializada em música, para divulgar isso.

Bom, melhor assim. Sabe, seria muito difícil conseguir noticiário se dependesse dos jornais daqui. Os caras já devem estar abafando tudo. Dinheiro, muito dinheiro, pelo silêncio. Vocês devem estar curiosos em como isso chegou às minhas mãos. Por acaso. Ou não, talvez por ser conhecido nesta luta contra o crime. Uma pessoa, que não preciso dar o nome, me ligou na segunda à noite. Não me disse onde, achou um chaveiro e uma chave de um guarda-volumes no Terminal Rodoviário. Foi lá e encontrou uma sacola com muda de roupas e este envelope. Dentro, em separado, um bilhete para um tal Netinho, pedindo que me entregasse isso. Diz, vocês lerão, textualmente. Ele viu todas as outras coisas, mas é homem pacato, ficou nervoso, me ligou e me entregou tudo. Fui ao encontro dele após ter estado com você, Fred, no velório de sua família. Procurei por ela, mas ninguém sabia dizer. Curiosamente, um homossexual cafetão, que poderia ter tido contato com ela, foi assassinado em uma sauna, na segunda-feira, mas é verdade que ela já não tinha mais contato com ele havia um bom tempo. É claro que, ao ler, percebi que tudo se encaixava nas suspeitas e nas certezas que todo o mundo tem, mas o medo não deixa revelar. Isso aqui é explosivo. Vai acabar com a carreira política do governador do Estado, Wlamir Turvel. Vai colocá-lo na cadeia. Você sabe que hoje à tarde é a convenção do partido que vai indicar sua candidatura à reeleição? Isabela calculou direitinho, ou deu sorte. Não sei se você sabe, mas sua irmã se aproximou do governador como garota de programa, sob o pseudônimo Sílvia. Assim, eu cheguei com algumas fontes, ela passou a ser a companhia do governador em viagens pelo interior e até ao Rio de Janeiro. Imagino que se encontravam, aqui e mais ainda, que ela tinha acesso ao seu gabinete, inteiramente livre. O que estou dizendo está aqui, em uma cópia do bilhete que ela juntou aos documentos que mandou para Turvel. Ela explica o que fez. Fotografou documentos, estes aqui, que mostram claramente a participação do governador em contrabando, tráfico de drogas, grilagem, transporte de madeira ilegal, enfim, uma coleção de crimes. Mais ainda, Wlamir nunca teve filhos. Ela engravidou dele, para fazê-lo sofrer e garante que vai abortar, apenas para ter o prazer de matar o filho dele. Desculpem, eu sei que isto é terrível, mas está aqui, escrito. Vamos ver os documentos? Onde ela está? Não sei. Estou como vocês, sem pistas. Martha, marque uma entrevista coletiva para logo mais, ainda de manhã. Bom, Martha, está bem, então, lá pelas quatro da tarde. Todos já chegaram. Veja se o representante local da gravadora consegue os jornais daqui. Senhora Pat... Por favor, apenas Pat. Seria interessante conseguir os correspondentes dos jornais do Rio de Janeiro e de São Paulo. Muito importante. Martha, pede ao rapaz que trabalha aqui para providenciar isso com a sede da gravadora. É bom dizer que eu tenho grandes revelações a fazer. Orlando, acho que seria conveniente que ficasse aqui conosco até o momento da entrevista. Creio que todos corremos risco e, agora, só a fama de Pat nos protegerá. Almoce conosco enquanto examinamos melhor esses papéis. Precisarei estar fluente a respeito na hora da entrevista. Então posso ligar para casa e avisar que não vou almoçar? Orlando fala ao telefone e anota um número. Isabela ligou. Disse o nome, mas não deixou número. Ligaria mais tarde. Esse outro aqui, engraçado, é o Silveirinha, um informante que trabalha aqui no Hilton. Me ligou e disse que tinha uma bomba. Posso ligar daqui, mesmo? Fala garoto, tudo bem. Que bomba é essa que tu tens pro teu amigo. Não me vem com escândalo de gringo. Assassinato no Hilton? Bom, isso já começa a me interessar. Quando? Descobriram o corpo? Quem era? Daqui? Paraense? O nome? Isabela Pastri... O corpo está aqui, ainda? Qual é o quarto? O andar? Me espera que estou indo. Desculpe, Fred, sei que isto é terrível, mas você devia vir comigo. Pat, você, não. Martha, ninguém entra. Nem o almoço entra, certo? Só quando eu voltar.

Fuga. Isabela voltou despreocupada, aproveitando a brisa da noite na praça da República. Olhou a degradação do Bar do Parque, hoje antro de prostituição, e teve pena. Mas como ter pena se ela própria era uma prostituta, mesmo que por um objetivo que ela julgava nobre? Subiu ao 702 e ficou estática ao deparar com a bagunça. Tapou a boca para conter o grito ao ver o corpo de Fafá ensanguentado. O que fazer primeiro? Se a abraçasse, também ficaria ensanguentada. Abraçou. O rosto disforme, certamente por tiros. As facadas. Quanta maldade. Quanta violência. Não era apenas matar, mas destruir o corpo. Ela. Era para ser ela. Fafá deu azar de estar ali. Eles queriam ter feito isso a ela. Tremendo, chorando, olhou em volta e não encontrou mais o envelope, guardado no fundo de uma bolsa. Ele conseguiu, o filho da puta. Assassino. Deixou-se cair no chão e chorou. Não conseguia pensar. Sentia a força de toda aquela violência. Não soube quanto tempo passou. Respirou fundo. Precisava fugir. O assassino poderia ainda estar por ali. Precisava ligar para Orlando e fazer a denúncia. De qualquer maneira. Quem matou não a conhecia. Deve ter levado a notícia que ela estava morta. Podia se beneficiar disso. Meu Deus, minha amiga, sem culpa alguma, que levava sua vida do jeito que escolhera. Mais uma morte em suas costas, em nome da vingança. Agora, mais do que nunca precisava matar Turvel. Não era apenas a vingança. Agora, a reparação viria com a morte dele. Deixou o quarto e saiu, atarantada. Andou tonta e decidiu sentar-se no carrinho de cachorro quente junto ao cinema Olímpia. Se ao menos soubesse por onde andava Luciano. Não. Não poderia incluir mais ninguém nisso. Matar outras pessoas. O que fazer? Andou até o shopping Iguatemi. Circulou por todos os andares. Foi até a praça de alimentação. O cheiro de comida a deixou nauseada. O corpo de Fafá não lhe saía da cabeça. Ouviu avisos de que o shopping ia fechar. Esperou até o último instante. Ficou em frente, protegida pela multidão que aguardava o ônibus, pressionada pelos camelôs para o meio da rua. Aos poucos, todos embarcaram para suas casas. Ela não tinha para onde ir. Estava só. Precisava de um computador. Mandar um e-mail para Fred. Ele deveria ter chegado. Teria procurado por ela na casa de

Fafá? Teria sido também apanhado? Mandar um e-mail poderia denunciar seu paradeiro. Confusa, não conseguia pensar. Tinha medo de tudo. Andando, sentou-se em um dos bancos da praça da Trindade. A Igreja estava fechada. Dormiu ali, encolhida, ao ar livre. Acordou com o ruído de um portão de ferro batendo. Assustada, viu aquele homem baixinho, gordinho, em roupa de ginástica, sair de casa. Resolveu pedir ajuda. Surpreso, ele ficou na defensiva com medo de assalto, ou pedido de esmola. Pediu para usar o banheiro. Ele deixou. Quando saiu, tinha uma xícara de café para ela. Ele perguntou o que lhe havia acontecido. Se havia sido agredida, assaltada, se morava na rua. Podia chamar a polícia. Não. A polícia, não. Olhe, se eu lhe contar, posso lhe trazer problemas. O senhor pode correr riscos. O senhor tem computador? Tem internet? Não. O escritório em que eu trabalho tem, mas eu nunca precisei. Puxou do bolso aquele jornal amassado, todo dobrado. Tem telefone? Preciso ligar para o jornalista deste jornal. Orlando Saraiva? Eu tenho o telefone dele. Tem? Seu amigo? Não. Eu o procurei há dois dias, creio. Tinha uma encomenda para ele. Está aqui o telefone. Pode ligar. Eu espero. Alô? É da casa do jornalista Orlando Saraiva? Ele está? Não? Sabe dizer se ele volta agora de manhã? Quero deixar recado. Diga que Isabela Pastri ligou. Eu preciso falar com ele. É urgente. Ligarei em uma hora para saber se ele já voltou. Até logo. Isabela Pastri? Sim. Por quê? Não sei como dizer. É tudo uma grande coincidência. Chega até a me dar arrepios. Vou lhe dizer. Meu nome é Valdomiro Cardoso. Trabalho em um escritório de contabilidade. Na véspera do Recírio, estava sentado em um barzinho ali na Generalíssimo, quando achei um chaveiro. Eu tenho uma coleção de chaveiros. Resolvi trazê-lo. No dia seguinte, notei que havia, entre as chaves, uma que era de um guarda--volumes do Terminal Rodoviário. Nos finais de semana, sou juiz de futebol. Algumas vezes, quando vou até o interior, deixo mudas de uniforme neste guarda-volumes porque posso chegar e, rápido, ir apitar outro jogo e não devo perder tempo. Confesso que cometi uma indiscrição. Fui até lá e descobri uma sacola, que está aqui, posso mostrar, intocada, mas dentro também havia um envelope. Eu o abri e havia um bilhete endereçado a um tal de Netinho. Dentro, outro envelope, este, o mais volumoso, que também li. Não pude resistir. A senhora é muito corajosa. Antes que pergunte, quero dizer que entreguei a Orlando Saraiva. Ele já sabe de tudo. Dona Isabela, sou um homem calmo, discreto, pacato. Senti muito medo ao ler. Mais ainda em marcar com Orlando e entregar. Pedi-lhe para esquecer meu nome. Para nunca ser mencionado. Mas o mais importante é que ele já sabe. Acho que podemos aguardar mais um pouco até ele chegar em casa. Deve ser logo. A senhora sabe, esses jornalistas têm horários estranhos. Gostaria de tomar um banho, não sei, qualquer coisa? Moro sozinho. Morei com minha mãe, aqui mesmo, até ela falecer. Doei suas roupas, de modo que não tenho nada para lhe oferecer. Talvez um quarto para descansar. O senhor não tem medo de me ajudar? Tenho. Mas creio que todas essas coincidências querem dizer alguma coisa. Quem era esse Netinho? Um amigo de Castanhal. Amigo de infância. Eu não tinha em quem confiar a não ser nele. Não sei o que ele estava fazendo aqui, se é que era ele, perdendo esse chaveiro. Foi Deus que o mandou até lá, no guarda-volumes. Muito obrigado por ter entregado. Podia ter jogado fora, por medo. Podia não ter ido buscar. Ficaria ali até a administração pegar e sei lá.

A senhora tem os originais? Tinha. Foram roubados. Pensei que estava perdida. As cópias são suficientes para Orlando. Ele sabe lidar com isso. A senhora deixou os originais onde? Como foram roubados?

Quer mesmo saber? Me escondi na casa de uma amiga. Soube que eles estavam me caçando. Com medo de me acharem, vim me esconder em local de grande exposição, para tentar constrangê-los. Me hospedei, com minha amiga, no Hilton Hotel. Aqui perto. Saí para comprar o jornal do Orlando e saber o telefone dele. Quando voltei ao quarto, encontrei minha amiga assassinada. Toda cortada.

Tiros no rosto. Saí feito uma louca, andei por aí, fui ao shopping, tinha medo de tudo e de todos. Acabei dormindo aqui em frente. Acordei com o barulho do portão, de manhã.
Dona Isabela, isso é muito sério. Vamos esperar Orlando chegar. Ele saberá o que fazer. Mas até lá, fique aqui. Eles não podem fazer ideia que está aqui. Agora, vai ser assim. Você sabia que hoje é a convenção do partido do governador? Essa convenção vai indicá-lo à reeleição. É hoje. Hoje? Sim, no final da tarde, creio. Deve estar nos jornais. O Zé já deve ter jogado o jornal aí no pátio. Me dê um minuto. Está aqui.

Convenção deve indicar Turvel para reeleição. O governador Wlamir Turvel vai ser indicado hoje por seu partido à reeleição para governador do Estado, na convenção que se realiza a partir das cinco da tarde, em sua sede. Nos últimos dias, políticos de todos os municípios do Pará chegaram para o evento. Turvel cancelou todos os compromissos como governador para se dedicar a contatos políticos.

Com a ajuda de Orlando Saraiva, nós vamos impedir isso. Ele precisa ser denunciado. Vai ser um grande escândalo. Espero acabar com sua carreira.
Tome cuidado. Ele é muito poderoso. As pessoas fazem tudo por dinheiro, por medo, por devoção.
Não tenho nada a perder. Já perdi tudo. Agora, viverei para acabar com ele. Eu quero matá-lo. Escute, eu sei que não sou nada. Sou calmo, a senhora está vendo. Levo minha vida e não quero saber dos outros. Mas talvez seja ainda momento de lhe dizer. A senhora é muito nova. Muito bonita. Tem uma vida inteira pela frente. Já não aconteceu muita desgraça? Não é melhor deixar pra lá, viajar, ir embora, começar a vida em outro lugar? Segundo li, a senhora está grávida dele, não é? Então, a senhora tem esse filho, ele pode mudar sua vida. Deixe essa vingança de lado. Não.
Eu também já pensei nisso, mas seu Cardoso, eu jurei. Minha vida foi devotada a essa vingança. Turvel não acabou com minha

família quando a matou. Ele acabou há muito tempo quando desgraçou meu pai, minha mãe e meus irmãos. Eu vou acabar com isso, nem que tenha de ir sozinha a essa convenção. Nem que tenha de matá-lo. Vou para a prisão. Minha vida acabou, mesmo, mas a dele também vai acabar. O senhor me permita, vou ligar novamente.
Saraiva não havia chegado. Aos poucos, o silêncio foi crescendo entre os dois. Quando viu, Isabela estava dormindo. Valdomiro deixou. Primeiro ficou admirando aquela mulher tão bonita, tão corajosa e tão determinada. Não se deve tomar os outros por si. Como não lhe dar razão? Como evitar que ela fizesse tudo aquilo? Sentia pena, vontade de ajudar, proteger. Aquela mulher linda, na sua casa, tão desprotegida. Com alguém assim, até que pensaria em dividir sua vida. Se ela ao menos me olhasse um dia. Valdomiro, deixa de ser besta. É mulher bonita, acostumada a ter vida de luxo. Olha pra ti, feio, gorducho, meio careca. Te manca. Deixou-a dormir. Ele mesmo ligaria para Orlando Saraiva. Ligou para o escritório. Estava doente. Não iria trabalhar. Antigão, com moral para isso, raramente faltava. Tudo bem.

702. Havia homens do serviço especial da Polícia Militar, no quarto, colhendo impressões digitais. O corpo estava coberto por um lençol. A vida inteira de Fred Pastri passou em sua mente quando ele e Orlando desceram pelo elevador até o sétimo andar e foram ao apartamento 702. Entorpecido, entrou atrás de Orlando.
Fala Urubu. Tens uma antena, é? Porra, meu, o corpo ainda está quente e tu já estás por aqui? Égua!
É mulher? Tem o nome? Gringa? Era daqui? Isabela Pastri? Nunca ouvi falar, dissimulou. Assassinato? Deixa ver?
Urubu levantou o lençol. Era acostumado a ver. Mesmo assim, ficou impressionado. Fechou. Voltou a Fred e sussurrou. Olha, é barra pesada. O rosto está bem desfigurado. Te segura. Ele está comigo, pessoal. Um ajudante. Estou ficando velho. Tudo certo?

Fred olhou. Gelou. Por dois motivos. Primeiro pela visão horrível do rosto esfacelado por vários tiros. Segundo, porque, mesmo naquelas condições, sabia que não se tratava de Isabela. O rosto da irmã ele reconheceria de qualquer maneira. Tremeu, lagrimou, engoliu. Sussurrou para Orlando. Não é ela. Eu sei. Minha irmã eu conheço. Tem certeza absoluta? Tenho. Melhor assim. Mas acho melhor deixar que eles pensem. Ganhamos tempo. Que bom. Mais confiante, sem medo de chocar Fred, Orlando levantou o lençol para ver as demais lesões. Porra, o cara que fez isso era um animal. Porra, não bastava atirar, tinha que meter a faca! Essa mulher deve ter dado muita raiva nele. Isso aqui é coisa de raiva. Olha só como ele cortou os peitos! E a boceta, cara! Pra que isso? Pitico, tu me dás, depois os resultados do exame? Tá. Eu te ligo. Tá bom. Vou verificar na portaria os outros dados. Eu já tenho. Olha aqui. Tá vendo a hora em que entrou? Ninguém viu esse homem ou essa mulher entrar. Sabe como é, hotel de luxo, essas porras. O gerente está todo rebarbado com a gente. Quer despachar o corpo daqui. Por ele já tinha ido embora pra não dar escândalo pro hotel. Eu, por mim, também mandava embora logo, mas tem que preencher essas merdas todas. Por mim tava tomando uma gelada, né, meu irmão? Te ligo. Tchau. Saíram. Deixa para falar lá em cima.
Darling, você precisa voltar. Sentou-se e chorou. O que aconteceu? Tua irmã? A imprensa já está comunicada. Calma! Calma! Silêncio, porra! Desculpem. Desculpe, Pat, você nem entende o que eu digo. Pat, não era minha irmã. Não sei o que aconteceu. Segundo o hotel, ela estava naquele quarto com uma amiga. Se não é o corpo dela, Isabela está viva, penso. Onde, não sei. Retalharam o corpo. Deram tiros no rosto. *Darling*, você não precisa ficar aqui. Sua carreira... Fred, chega, tá? Vou ligar pro Silveirinha. Ele vai pesquisar essa história.
Silveirinha? Porra, cara, vai querer que eu dê barrigada... Sim, estive lá. Não é Isabela Pastri. Não é. Posso garantir. Olha, estou aqui com o irmão dela. O próprio irmão. Quer maior certeza?

Agora, te vira. Se ela estava no Hilton, onde é? Quarto errado, está em outro, saiu, que horas, vai, me dá o serviço todo, meu. Estou aqui. No Hilton. Na suíte presidencial. Sim, com a cantora americana. Vai, te vira, meu. Agora, vamos nos organizar. Vamos ver esses documentos, um por um, ordenar para saber explicar na coletiva. Fred, se controle. Vai precisar estar bem controlado. Doutor Antonio José? É o Silveira, aqui do Hilton. Desculpe ligar, assim, mas é urgente. A moça que mataram, não é Isabela Pastri. Não foi Isabela Pastri que mataram. Não sei. Vou ver na ficha. Ela estava com uma amiga. Vai ver, escapou. Não sei. O Orlando Urubu. Sim. Ele está. Disse que está com o irmão da moça e ele viu o corpo. Esse irmão está com uma cantora americana na suíte presidencial. Uma tal de Pat qualquer coisa. Não foi o Silva, não. Foi outro. Nunca tinha visto. Sim, senhor. Recebi, coloquei ele no quarto e acompanhei até a saída. Ninguém viu. Não sei, doutor, vou investigar e, qualquer coisa, ligo. Olha, não sei se vai lhe interessar, mas tem uma entrevista dessa cantora com a imprensa agora às quatro da tarde. Tá cheio de jornalista gringo no hotel. Positivo.

Martha, ligue para o doutor Wilford, meu advogado. Agora. Wilford, como vai? Estou no Brasil. Preciso dos seus serviços. Meu namorado é brasileiro. Fred Pastri. Ele está sendo ameaçado por traficantes de drogas. Nada. Ele não tem nada com drogas. É coisa local. Mas coisa grande. O governador do Estado está envolvido. Wilford, não pedi sua opinião a respeito. Não. É problema meu. Eu sei o que estou fazendo. Faça o que lhe mando. Fale com as autoridades. Com aquele Esquadrão Antidrogas. Com a embaixada. Quero um salvo-conduto para ele. Sei lá, asilo político, qualquer coisa. Preciso de proteção, aqui. Não sei se podemos confiar na polícia local. Acho que não. Faça isso agora. Martha vai lhe dar os detalhes. Até logo.

Senhoras e senhores, Pat Harrison. O salão do Hilton Hotel estava cheio de máquinas, *notebooks*, câmeras. Além dos jornalistas internacionais, havia correspondentes do Rio de Janeiro e de São Paulo, e repórteres dos cadernos culturais locais, todos com CD para autografar.

Boa tarde. É um grande prazer estar no Brasil, pela primeira vez. Vim conhecer a Amazônia e estou deslumbrada pelo pouco que vi, desde o aeroporto até aqui. Muito verde, árvores lindas, uma cidade muito bonita. É claro que vi muita pobreza também, mas penso que esse é um problema mundial, ou quase mundial.

Pat, você vai gravar alguma coisa aqui no Brasil ou alguma música nova mostrará influências desta viagem? Nick, obrigada pela pergunta, mas esta entrevista, na verdade, é para outro assunto. Eu sei que as publicações e as empresas jornalísticas que os enviaram pretendem receber matérias referentes à área de música e comportamento. Mas hoje será diferente, embora eu creio que vocês ficarão muito mais satisfeitos. O motivo desta entrevista é uma denúncia. Uma denúncia muito grave. Tomará as páginas de todos os jornais do mundo, principalmente no Brasil. Uma denúncia que vai deixá-los assustados, mas vai fazê-los correr para transmitir pela internet, até mesmo oferecendo aos jornais da grande mídia dos Estados Unidos e da Inglaterra. Um momento, senhores, eu quero chamar aqui Fred Pastri, meu namorado, brasileiro, aqui do Pará, e o jornalista Orlando Saraiva, também daqui do Pará.

Senhores, boa tarde.

Um por um, os documentos foram mostrados e comentados, analisados, explicados. A coletiva durou quase duas horas, com exclusivas para vários veículos. Ao final, Pat assumiu o microfone e agradeceu a todos. Obrigado por estarem aqui. Obrigado por divulgar. Por denunciar ao mundo esta quadrilha culpada de vários crimes. Já pedi proteção à minha embaixada. Salvo-conduto para Fred. Não pedi para Orlando, ele não quer. É sua vida. O jeito que leva. Também quero informar aos senhores que, ontem à noite, neste hotel, uma mulher foi assassinada por engano. Quem deveria ter sido morta era Isabela Pastri, irmã de Fred. Ela escapou, mas não sabemos seu paradeiro. Se, após o noticiário, ela aparecer, por favor, nos avisem. A entrevista está encerrada. Nós ficaremos na nossa suíte, aguardando os acontecimentos. Os senhores serão informados de tudo. Desculpem se não lhes dei notícias musicais, mas creio que ficaram satisfeitos.

Caralho. Wlamir, ela escapou. Como escapou? Não sei. O Antonio José me ligou. O x-9 dele avisou. Outra mulher foi morta. Mandei o Silva, porra. O Silva conhecia ela muito bem, como foi errar? Vou pegar esse filho da puta. Ele vai se foder. Não te preocupa. Porra, Wlamir, o Silva é o homem, tu sabes. Se ele errou, não sei. Mas, olha, a coisa tá fedendo. Aquele filho da puta do Urubu. Aconteceu agora. Houve uma entrevista coletiva daquela cantora gringa. Pois é. O irmão da Sílvia, o Urubu e a cantora nos denunciaram. Mostraram provas. Eles tinham a cópia do material. Não sei. O original está vindo com o Silva. Puta que pariu. Vai pegar. Não vou a porra nenhuma de convenção. Não tenho por que olhar a cara daqueles merdas, doidos pra me pegar. Vai tu e o Miso me representar. Vai, caralho. Eu vou pra Castanhal. Fico lá. De lá ninguém me tira. Fico esperando. Liga pro Antonio José. Joga merda no ventilador. Manda matar essa cantora, namorado, urubu, o caralho! Tô cagando. Tu não achas? Somos nós ou eles. Depois a gente ajeita a coisa. Foda-se. Liga pros jornais. Fala com os donos. Silêncio, saca? Não quero nada publicado. Agora é que eu quero ver se eles honram o dinheiro que recebem. Propina eles gostam. Agora quero ver.

Jamelotti olhou a TV. Extra. Extra. Governador do Pará denunciado como chefe de quadrilha que pratica diversos crimes. O governador Wlamir Turvel foi denunciado hoje em entrevista coletiva no Hotel Hilton por Fred Pastri e o jornalista Orlando Saraiva...

Viste? Filhos-da-puta! Abutres! Estou indo, Jamelotti. Tem muita instância ainda nisso. Tem Justiça. A gente dá jeito. Mas manda matar.

Bateram na porta. Entre! Era Silva. Tu é leso, hem, porra? A mulher tá viva! Vivinha! Porque tu mesmo não foste, porra! O homem já sabe. Tá puto contigo. Eu também. Tu é cego, hem, porra? Não sabe mais fazer nada? Agora que ficou rico só quer saber do bem-bom? Pai d'égua essa, Silva. Porra, isso é incompetência. Mataram a mulher errada, caralho. Cadê o envelope. Ao menos o envelope, né? Cadê, porra. O que é? O que foi? Vai ficar aí, me olhando igual um poste. Vamos que eu não tenho tempo, caralho. O que foi?
Desculpe, chefe. Nada pessoal. Apenas negócios. Silva puxou do bolso uma corda de nylon e, rápido, envolveu o pescoço de Jamelotti. Gordo, não conseguia reagir. Caiu da cadeira. Bateu os pés. O rosto, vermelho, pronto a explodir. Silva manteve pressão máxima. Via a corda penetrar na pele gorda e sangrar. Parou quando não havia mais reação e o rosto de Jamelotti estava azul.

Agora. Isabela acordou assustada, suada. Demorou alguns segundos para se lembrar de onde estava. Reconheceu o lugar. Dor de cabeça. Dormiu pesado, sem sonho. Olhou em volta. Tão arrumadinha a casa daquele homem. Onde ele estaria? Seu Valdomiro? Dá licença, seu Valdomiro? Ele não estava. Foi até o banheiro. Passou pelo quarto dele. Tantos filmes. Quando saiu, veio a ideia de procurar uma arma. Com tantos alarmes em casa, ele deve ter uma arma. Foi ao local mais comum, o criado-mudo e achou. Estava carregada. Wlamir também andava armado. Mostrava para ela. Sabia como manejar. Guardou na bolsa. Era melhor ir diretamente à convenção. Um barulho. Susto. Pegou na arma. Havia sido descoberta? Calma. Você está segura. Lembra-se de mim? Valdomiro Cardoso. Você está em minha casa. Dormiu de cansada. Está tudo bem. Saí para comprar um franguinho para nós comermos. Que horas são? Quase três da tarde. Tudo isso? Meu Deus, eu tenho que... Calma. Não quer comer, tomar um banho? Não há tempo. Tenho que... Isabela, ainda há tempo para recuar. As desgraças acontecem, mas nem por isso devemos ir atrás delas. Você é tão nova, bonita, inteligente, desista disso. Onde vai? Coma alguma coisa. Você pode não ter vontade, mas sem comer, não vai ter forças. Vamos. Espere alguns minutos. Coma alguma coisa e eu irei com você. Não. Você vai ficar aqui. Na sua casa. No seu canto. Quieto. Vivendo. Eu, não. Eu vou. Talvez tenha passado a vida inteira obedecendo, fazendo de tudo para não ser notado. Agora pode ser a hora. Faça o que quiser. Você já sabe em que vai se meter. Quero te dar meu apoio. Fiquei olhando você dormir. Sei que isso é falta de educação, mas fiquei, confesso. Não se aborreça, mas você é muito bonita. Eu fiquei tocado. Não se aborreça, eu sei muito bem quem sou. Mas é que... Está na hora. Vamos. Pediu ao táxi para estacionar alguns metros antes daquela casa antiga, sede do Partido, na Governador José Malcher. Ficaram esperando. Havia muito movimento. Batucada. Fogos. O tempo passava. Quase cinco. O motorista, que havia saído para papear com colegas, voltou dizendo: Deu no rádio que o governador não vem. Viajou. Não soube das denúncias? Agora de tarde. Deu em edição extra até na TV. Maior cagada. Uma cantora de rock e o irmão dela, junto com aquele jornalista, o Urubu, acusaram o governador de comandar uma quadrilha de tráfico e outras coisas. Mostraram provas e tudo. Acho que é por isso. Vão continuar aí? Saulo Miso desceu de um carro oficial. Ignorou a imprensa. Entrou direto no Diretório. Espera aqui. Isabela viu Pedro Bomba estacionar o carro e sair para papear com outros motoras. Ele a viu. Fez sinal. Veio até ela. Tá sumida, menina. Já soubeste da cagada? Já. Cadê o Mimi? Ele não vem. Também, depois dessa confusão, já viu. Eu sei. Pra onde ele foi? Dona Sílvia, eu não tenho autorização. A senhora sabe. Pedro, por favor, o Mimi precisa de apoio agora. Tu sabes que ele gosta de mim. Ele precisa de ajuda. Tá bom, dona Sílvia. Ele foi pra Castanhal. Pra serraria. Pra casa da serraria? Foi. A senhora vai lá? Vou. Por favor, não conta pra ninguém. Pode deixar. Não tenho mesmo que contar. Quando ia saindo, viu o coronel Silva por perto. Apertou o passo. Não gostava dele. Tinha fama de assassino. Chamou o motorista de táxi. Vamos pra Castanhal. Rápido. O senhor pode ficar, se quiser. Eu vou.

Perseguição. Pat e Fred, já está demais. É hora de voltar pra casa. Já foi muita confusão. O pessoal da gravadora está preocupado. O advogado ligou. A embaixada também. Vocês não acham que já arrumaram muita confusão? Martha, cale a boca, sim? Desculpe, eu também acho perigoso, mas tudo bem. Tocou a campainha. O representante local da gravadora avisa que é o delegado Walter Carmim da Polícia Federal. Manda entrar. Não, espera. O rapaz do consulado está aí? Está. Manda entrar também. Os dois, juntos. Boa tarde a todos. Sou o delegado Walter Carmim, da Polícia Federal. É a respeito das denúncias feitas por vocês, há pouco. Recebi uma orientação de Brasília para recolher as provas que vocês mostraram e também interrogá-los sobre como elas chegaram às suas mãos. O rapaz do consulado disse logo que Pat era cidadã americana e não seria interrogada. Bem, isso é uma questão jurídica, mas algumas informações ela poderá dar. E você, senhor Pastri? Eu posso lhe dizer. Nada tenho a esconder. Moro nos Estados Unidos. Recebi um e-mail de minha irmã, pedindo ajuda. Quando cheguei, soube do assassinato de toda a minha família. O senhor deve ter sabido. Minha namorada, Pat, veio também para o Brasil. Nos encontramos aqui no Hilton, e veio juntar-se a nós este jornalista, Orlando Saraiva, com essas provas todas. Em seguida, soubemos do assassinato, neste hotel, de minha irmã. Creio que o senhor também sabe disso. Marcamos a entrevista e fizemos as denúncias. De minha parte, é só.

E você, Orlando. Tive acesso a esses documentos. Soube da vinda de Fred, a quem não conhecia, e mostrei a ele. Resolvemos convocar uma coletiva e fazer a denúncia. É claro, você conhece a lei, como jornalista não estou obrigado a revelar as minhas fontes. É, eu sei. Mas gostaria de ter os documentos. Não tem

problema. Mandamos fazer cópias. Fred, você pede à Martha? Sim. Estão aqui.
Mais uma coisa. Pretendem viajar? Gostaria de ser informado. É para sua proteção... Entendo. Até logo.
Bem, eu preciso saber onde está minha irmã. O médico legista, alguém vai perceber que não é ela que está morta. A embaixada está mandando alguém para cá, mas só vai chegar logo mais, à noite, depois das dez. Acho melhor esperar para ficar em mais segurança.
Olha, o governador deve estar chegando à convenção. Vocês sabem, a convenção que vai indicá-lo à reeleição. Se bem que ele já deve saber das denúncias e nem sei se vai. Deixa eu fazer umas ligações.
É o seguinte. O Jamelotti, que é o chefe da Casa Civil, não atende. No Palácio, o governador não está. Falei com os garçons de lá e também da residência. Esse da residência me disse que o governador não vai à convenção. Ele foi pra Castanhal. Tem uma espécie de refúgio lá, em uma casa que tem uma serraria na frente. Serraria? Castanhal? Era do meu pai. Filho da puta. Desculpem.
Quer saber da tua irmã? Tenho um palpite. Onde estiver o governador, ela vai estar. Vamos apostar? Vamos agora. O carro está embaixo? Vamos pela garagem. Desce um de cada vez. Vamos? Vamos. Não, Pat, você não vai. Eu também não vou. Sou um covarde. Tenho medo. Meu Deus, sou um covarde! Não tenho coragem. Ela sempre quis se vingar mais do que eu. Quero apenas levar minha vida. Orlando, pode ir. Eu não vou. Martha, podemos ir para o avião? Ufa, finalmente alguém diz alguma coisa certa. Vamos. Fred, você não vai? Tem certeza? Tenho. É demais para mim. É demais. Sou um covarde, pelo amor de Deus! Orlando, ligue para este número. É local. Aluguei. Avise qualquer coisa.

De volta. A tarde ainda estava clara embora fossem quase sete da noite quando chegaram a Castanhal. Agora pra onde, dona?

Espera a placa. Esta. Entra à esquerda. Vai toda vida. Estrada boa, hem? Asfalto parece um tapete. Serve pra quê, senhora? O governador mandou fazer para chegar confortavelmente na serraria dele. Mesmo assim, prefere vir de helicóptero. É só pra quem pode. Aí, aí, vira aí. Nessa estradinha de terra? É. Isabela sabia que não passaria pelo portão onde seria identificada. Apostou. Entraram em um caminho bem tortuoso, empoçado, cheio de obstáculos, onde, ao final, havia uma cabana, à beira do rio. De um barranco. O senhor pode esperar aqui? A senhora volta? Volto. Pode deixar. Bateu na portinha. Abriu. No fundo, um senhor bem idoso deitado em sua rede. Tio Haroldo! Haroldão! Quem é? Isabela. Lembra de mim? Belzinha, como o senhor me chamava. Filha, chegue mais próximo do candeeiro pra ver melhor. A vista já não anda essas coisas. Menina, claro, Belzinha, há quanto tempo! Quanta saudade! Você acredita que essa menina, bem criança, andava tudo por aqui feito um garoto, feito um moleque! E agora vem essa mulherona aí... Ah, minha filha. Veio fazer uma visita? Precisa de alguma coisa? Tio, o senhor ainda tem aquele seu pôpôpô? Tenho. Não é mais aquele, é outro, que também já está bem velhinho, como o dono, mas funciona muito bem. Muito bem. O que você quer com o barco, uma hora dessas? Está escuro. Preciso de um favor. Preciso dele emprestado. Quero ir até a casa, pelo rio. Mas é perigoso. A maré está alta. Está escuro. Agora lá é a casa do governador. Vive cheio de guardas. Por que não vai pela estrada, mesmo? Tio, preciso ir de barco. É alguma coisa perigosa? Ele sabe que você vai lá? Olhe, não se meta em confusão. Você é uma moça muito bonita. Quem é esse senhor que lhe acompanha? Um amigo. Um bom amigo. Ele vai comigo. Vai cuidando de mim. Está bem. Minha filha, o que há do meu velho amigo Fred? E a senhora, sua mãe? Puxa, há quanto tempo. Eles... eles estão bem. Mandaram abraços. Tem alguma coisa que você não quer me contar. Você sabe, minha filha, quando a gente vai ficando velho, vai refletindo mais sobre a vida. Aqui, nesta redinha tranquila, eu penso muito. Eu fico aqui, tranquilo, pescando, com essa vista linda. Isso aqui é um paraíso! Pra que vou me meter lá na cidade, com toda essa pressa, toda essa vontade de chegar a nenhum lugar, né? Digo isso porque acho que você está com pressa. E tenho medo. Por você. Está bem. Pode ir. Mas, quando voltar, pare aqui para conversar um pouco mais. Pra gente voltar a falar daqueles tempos tão bons. Meu Deus, como você ficou bonita, Belzinha. Olha, eu podia ir com vocês? Não. Por favor, Haroldão, vamos apenas nós dois. A gente volta rápido pra conversar, tá? Um beijo.

Olha essa chuvinha! Cuidado pra não resfriar. Até mais! Viraram o pôpôpô na direção, ligaram o motor e foram. Isabela sentiu chegar de volta todo um tempo feliz. A paisagem. O ar. O cheiro de rio. Cheiro de mato molhado. Sentir a chuva batendo no rosto. Desejou nunca ter saído dali. Nunca ter crescido. Haroldão tinha razão. Aquilo era um paraíso! Quando avistou o trapiche, as recordações foram embora. Era agora. Não havia sentinela. Talvez pelo chuvisco. Tudo deserto. Ermo. Silencioso. Atracaram o barco e subiram. Esgueiraram-se pelas sombras das árvores. Chegaram próximo à casa e viram. Wlamir Turvel ao telefone, sentado no sofá da biblioteca. Quando Valdomiro percebeu, Isabela tinha um revólver na mão. Desculpe. Achei na sua casa. Pode ser necessário. Se quiser, fique aqui. Eu vou entrar. Eu vou, também. Há uma porta lateral. Poucos sabem. Venha.

Wlamir olhou surpreso quando os viu. Desligou o telefone. Então, quer dizer que Sílvia não era Sílvia. Sílvia é Isabela Pastri. Você sabe, eu devia ter matado vocês todos naquele dia, aqui mesmo. Tive pena. Fui coração mole. Agora estou pagando por isso. Eu estava te esperando, mesmo. Tu me enganaste. Enganaste o velho Turvel. Mimi. Imagina, alguém me chamar de Mimi. E eu deixei. Tu me enganaste. Eu gostei de ti. Te disse muitas vezes. Acho que estou ficando velho. Gostei de ti como mulher. Uma puta na cama. Fazias tudo. E boa de papo. Eu te abri as portas, sua escrota. Sua filha da puta. Sua puta. Eu te abri as portas da minha vida. Tu usaste a boceta pra me enganar. Eu te amei, Sílvia. Eu te amo. Nunca tinha amado antes. E agora tu estás grávida do meu primeiro filho. Eu li, faz parte da tua vingança. Mas ele não é filho de puta. Não para mim. É meu filho e da mulher que amo. Sempre fiz negócios. Sempre foi assim. Eu comia as meninas e tchau. Fui gostar de ti, e tu me fazes isso. Mas não adiantou. É sempre tempo de fazer o que é preciso. Tua família está morta. Tu já devias estar morta, também, mas os documentos que tu fotografaste já estão comigo. Com o Jamelotti. Ele me ligou. Não vai adiantar nada. O teu irmão fez a denúncia. Não vai adiantar nada. Sou governador. Não posso ser preso. Pra me tirar do cargo, precisa muito mais, e eu compro todo o mundo. Já são comprados. Políticos, imprensa, tudo. Isso aqui é Brasil. Isso é Pará. Do amor ao ódio é um passo, tu sabes. Eu te odiei, mas, pensando bem, eu te amo, Sílvia. Estava aqui, pensando. Escuta, quem é esse baixinho aí do teu lado? É meu amigo. Está comigo. E essa arma aí na mão? É pra mim? É. Tu? Vais atirar em mim? Duvido. Não é da tua natureza. Se bem que pra me trair tu fingiste bem. Fingiste? Naquelas horas, na cama, em que tu gozavas, era tudo fingimento? Eu olhava nos teus olhos e via amor. Por isso eu acreditei. Tu fingias?

Eu fingia. Queres saber de onde eu tirei a força para te enfrentar? Tu sabes. Naquele dia em que tu bateste no meu pai e estupraste minha mãe, naquele dia eu mudei. Mudei para o resto da minha vida. Em cada momento em que eu podia fraquejar, era só me lembrar daquela cena para criar força. Eu fingi. Esse neném, eu vou ter a coragem de abortar. Vou matá-lo também. Sei que é uma maldade, mas é maldade contra maldade. Agora chegou tua hora. As denúncias estão na TV, no rádio, amanhã nos jornais. Vai acabar tua farsa, Turvel. Turvel? Não me chama mais de Mimi? Sílvia, eu sou o mesmo de sempre, mas com uma diferença. Eu te amo. Estou dizendo sem medo porque me sinto melhor, assim. Eu te amo. Volta atrás. Essas denúncias não vão dar em nada. Mas eu te perdoo. Perdoo porque te amo. Vamos viver juntos.

Nós e o nosso filhinho. Faço um acordo com a Cilene e pronto. Vamos viver nossa vida. Já ando cansado também dessas coisas todas. Poder, eu tenho. Dinheiro, também. Largo o poder na boa. Nem tento a reeleição. E depois vamos viajar, plantar rosas, namorar, namorar, criar nosso filho, viver a nossa vida. Que tal? O que achas?
Nem que eu acreditasse em ti. Eu não te amo. Eu te odeio com todas as minhas forças. Eu devotei a minha vida a essa vingança. Eu só vou ser feliz quando acabar com a tua vida. Eu estou com o revólver e vou atirar. Vou atirar e ser feliz. Olha, Sílvia, agora eu também tenho um revólver. Também posso atirar, não é? Mas não quero. Abaixa o teu, também. Tu me amas, não? Tu não me amas? Eu queria fingir. A cada dia que chegava em casa eu pensava no que tinha feito. Eu me enchia de raiva que passava cada vez que estava contigo. Tu, logo tu, maldito, a quem eu devo matar. Vingar minha família. Logo tu, eu fui amar. Eu te amo.
Não quero te matar. Não quero matar meu filho. Eu quero ser feliz, mas é contigo. Por favor, baixe a arma. Vamos conversar. Eu sempre achei que tu me amavas. Ninguém fingiria daquela maneira. Está nos teus olhos, por mais desespero que possas sentir por isso. Tenho certeza de que o teu amigo está me entendendo. Vamos conversar? Temos o nosso filho. Temos a nossa facilidade. Isso, baixe a arma.
O tiro atingiu Turvel no flanco. Ela atirou primeiro. Ele caiu. Isabela, estática. Eu não te amo, maldito. Eu te odeio. O tiro foi certeiro, no peito. Ela caiu e ficou gemendo. Valdomiro, levou dois tiros na cabeça e caiu sentado. Wlamir levantou-se e se arrastou até ela. Abraçou-a. Filha da puta, sussurrou. Deu um tiro de misericórdia, na nuca. Ouviu a porta ranger. Silva, caralho, que merda é essa, hem? Hem? Ah, bom, está tudo certo. Entendi. Isso é mesmo necessário? Eu desconfiei. Jamelotti não atendia. Foi o Ramirez? Foi? Responde, filho da puta! Foi. Desculpe, nada pessoal, é só negócio. Atiraram. Wlamir atingido na cabeça. Silva no peito. Agonizou por alguns minutos. Num último esforço, tentou levantar. Deu uma golfada de sangue e morreu.

Uma van entrou. Orlando Urubu. Fred, Pat e Martha no aeroporto. Martha atende o telefone. Passa para Fred. Ele apenas ouve. Desliga. Mortos. Minha irmã. O governador. Orlando está lá. Vai ser um escândalo. Encolheu-se. Agachou-se. Chorou. O rapaz do consulado foi resolver os trâmites. Voltou com um senhor americano, oficial da embaixada americana em Brasília. Houve um enfrentamento em Castanhal. O governador e mais três pessoas estão mortos. Melhor ir embora agora mesmo. Por favor, senhora Harrison. Temos pouco tempo. Tem que ser agora mesmo. O jatinho taxiou e decolou do aeroporto internacional de Val de Cans. Entre os passageiros, silêncio mortal.

Este livro foi composto em Minion, 11/14,5, e reimpresso em papel Pólen Soft 80 g/m² na gráfica Rettec para a Boitempo, em dezembro de 2021, com tiragem de 2.000 exemplares.